锐词

2010-2012

《新周刊》主编

中国出版集团
现代出版社

图书在版编目(CIP)数据

锐词：2010～2012 / 《新周刊》主编. —北京：现代出版社，2013.2
ISBN 978-7-5143-1448-9

Ⅰ. ①锐…　Ⅱ. ①新…　Ⅲ. ①文学评论－中国－2010～2012－文集　Ⅳ. ①I206.6-53

中国版本图书馆CIP数据核字（2013）第029024号

作　　者　《新周刊》
策划编辑　刘春荣
责任编辑　裴　郁
出版发行　现代出版社
通讯地址　北京市安定门外安华里504号
邮政编码　100011
电　　话　010-64267325　64245264（传真）
网　　址　www.1980xd.com
电子信箱　xiandai@cnpitc.com.cn
印　　刷　三河市南阳印刷有限公司
开　　本　787mm × 1092mm　1/32
印　　张　8
版　　次　2013年3月第1版　2013年3月第1次印刷
书　　号　ISBN 978-7-5143-1448-9
定　　价　25.00元

记忆走了，词留下

世事纷繁，新闻后浪推前浪，前浪忘在沙滩上。

一年下来，七情六欲与时俱进地汹涌了一遍，为了啥事？忘了。

刘翔新闻一出，伦敦奥运女排假打的事就忘了。薄谷开来的新闻一出，刘翔的事就忘了。周克华的新闻一出，薄谷开来的事就忘了。走路死的新闻一出，周克华的事就忘了。塌桥的新闻一出，走路死的事就忘了。戴表哥的新闻一出，塌桥的事就忘了。打空姐的新闻一出，戴表哥的事就忘了。钓鱼岛新闻一出，好多事就忘了……昨天反腐的事和正能量的事，在我们有限的大脑硬盘里，迅速被今天和明天的新闻格式化。

如何不忘记？

丹尼尔·笛福的《鲁滨逊漂流记》里，荒岛余生的鲁滨逊为了不忘记时间，“便用刀子在一个大柱子上刻上这几个字：‘我于1659 年 9 月 30 日在此上岸。’把它做成一个大十字架，立在我第一次上岸的地方，在这个方柱的两边，我每天用刀子刻一个斫痕，每七天刻一个大一倍的斫痕，每一个月刻一个再大一倍的斫痕，这样，我就有了一个日历，可以计算年月日了。”

查尔斯·狄更斯的《双城记》里，德法奇太太为了不忘记对贵族暴行的复仇，等法国革命风暴爆发时送他们上断头台，“勤奋地编结着绒线。她把所要清算的敌人的名字‘编织’在记忆中，永远不会弄错。”

凡人们，则是拿出日记本、摊开年历、打开电脑、掏出手机，把自个的事儿记下备忘。

而互联网时代，除了互动、共享、免费的互联网精神，还有来自网民的自发创造，包括创造新词——把有意味的社会新闻、流行现象、新闻当事人、新鲜说法像浓缩饼干一样，萃其精华，取其新意，附上戏谑，压在字数有限、方便易记的新词里。

我爸是李刚、羡慕嫉妒恨、小确幸、天上人间、微博控、犀利哥、PM2.5、悬浮视察、3D肉、62%、屌丝、休假式治疗、齐B小短裙、你幸福吗、十动然拒……2010-2012年间中文网络上创造出来的无数新词，没进汉语词典，未附介绍，但是，你懂的。

《新周刊》开了一个“锐词”栏目，每期由何雄飞负责专门收集这些词，加以溯源和造例句。年深日久，许多事你已经不记得，许多人你已经忘记；请点开这些词——它们是网民集体智慧创造的社会密码，蕴藏着变动中的社会被同步遴选保存的标志性信息。

很可能，你，就是其中一个锐词的创造者。

《新周刊》执行副总编　何树青

2012 年 12 月 20 日

目录

2010

族群

生活

族群

生活

社会

族群

生活

2010

我爸是李刚/羡慕嫉妒恨/悲催/小确幸/天上人间/睡服/织毛衣/敲诈政府罪/菲警/微博控/小月月/犀利哥/尊严/交口/凡客体/莞式服务/炒蒜团/Google-bye/Oh my Lady Gaga/290/**春晚钉子户/等地震/红段子/靐提案/焦郁碌/蒜你狠/69圣战/呜呜祖拉/租白人/章鱼帝/全国哀悼日/被中产/羊羔体/糖高宗/流氓产业链/限购令/双起/摇号限牌**

围观

年度词：围观

如果只用一个关键词表达2010年，我们选择“围观”。围观取代散步，围观改变中国。当政改的雷声隆隆作响，社会事件与围观却以小步快跑的方式改变着中国的政治生态。

微博是没有围墙的现场。上海胶州路大火的关键报道，微博取代传统媒体，将熊熊火焰直接烧到人们面前。微博围观成为民意表达的最新途径。

艺术家兼独立行动者艾未未说过一句话：融化冰川没有别的方法，只有靠中国人的整体热量。上访不如上网。互联网扁平化的特性瓦解了金字塔式的管制，民主力量借助网络而崛起。微博“直播”中国，“转发”沟通世界。“有图有真相”是网络“揭黑”的一大特色，而“人肉搜索”这一富有争议的揭黑手段也让腐败更显尴尬。

从“散步”到“围观”，监督与维权层层逼近，印证了中国公民社会的成长路径。

2010 中国年度字：**涨 / 乱**（国内字 / 国际字）
给力 / 军演（国内词 / 国际词）

（来源：中国国家语言资源监测与研究中心网络媒体语言分中心、商务印书馆、新浪网）

2010 年度汉字：**涨**

（来源：天涯社区）

2010 全球华人年度汉字：**火**
（"火"高铁、"火"经济、"火"世博、"火"亚运、两岸三地交流如"火"如荼）

（来源：香港《亚洲周刊》）

2010 海峡两岸年度汉字：**涨**

（来源：台湾《旺报》、《厦门商报》、新浪网）

2010 台湾地区年度代表字：**淡**
（云淡风清，台湾人民历经"金融海啸"后，最佳的心情写照及处世哲学）

（来源：远东集团徐元智先生纪念基金会、《联合报》）

2010 日本年度世态汉字：**暑**
（酷暑）

（来源：日本汉字能力鉴定协会）

热词

【290】290，新时代的傻帽儿，骂人不带脏字的最新网络热词。“原来你就是传说中的290？！”“290是啥？”“290就是250+38+2”。在网上，骂人已成一种新职业，“职业代骂族”编撰出《骂人宝典》《骂人大全》《超级骂人宝典》《无限骂人宝典》《搞笑骂人宝典》以及《防骂宝典》，“代骂”接活，有时需提前3天预约，生意好时可日进百元。

【尊严】尊严是指人和具有人性特征的事物，拥有应有的权利，并且这些权利被其他人和具有人性特征的事物所尊重。简而言之，尊严就是指权利被尊重。温家宝总理在2010年的春节团拜会和全国“两会”上，多次提到“要让人民生活得更加幸福，更有尊严”。公民权利的保障，公民尊严的获得，来源于政府权力的节制和政府服务的归位。

【交口】话说，有个影评人叫“交口”，看什么影片都赞。“《狄仁杰》试映后，媒体影评人交口称赞；《山楂树》试映后，媒体影评人交口称赞；《剑雨》试映后，媒体影评人交口称赞；《赵氏孤儿》试映后，媒体影评人交口称赞……”“交口”是影视娱乐圈的流行词，每当一部电影出来，领了观影费或被导演托付了伟大友谊的达人们就开始在报刊、博客和微博上交口称赞，简称“交口”。交口是所谓口碑效应的山寨版，“交口必须公开，片子好不好私下再说”。

【目田】目田，“自由”的砍头版，有许多网友发现，在最近上线的《魔兽世界：巫妖王之怒》里充斥着敏感词，你不能扮演“沙僧”，假借“自由”之手，“自由”拾取，你更不能随便被“诱惑”一下，就“激情”

过头，展示“文胸”和“性感”小肚腩。部分玩家发起“非自由不魔兽运动”，有网友则创造出“目田”用来替代被“砍了头”的“自由”。

【女干】“扫黄打非”风声愈来愈紧，在东莞、北京和上海，你的手机要是不小心发个“黄段子”，极可能被停机。为免中招，有人因此建议将“奸”改称“女干”、“口交”改称“咬”、“奶”改称“女乃”。有人甚至觉得凡带“女”字偏旁的字都带有对女性的歧视，因此建议将“嫖”改为“亻不”、“娱”改为“亻吴”、“嫉”改为“亻疾”、“奸”改为“犭行”。

【双起】 网络疯传，“打黑英雄”重庆公安局长王立军在一次“民警维权工作”的讲话中发表“双起论”：“凡报纸歪曲事实真相攻击我市公安机关和民警的，以单位起诉报社和撰稿人；对民警造成后果的，民警起诉记者，相关部门和民警所在单位要支持和协助。机关起诉报社、民警起诉记者。” 有网友认为，此番表态是对舆论监督的藐视。有评论者表示，“双起”是“权力癫狂”的又一表现，比“替谁说话”“我爸是李刚”等更叫人不安。

【牛阝】 读biú，英文very good。象声词：代表速度与激情的极速之音。形容词：人们夸张地用语言或肢体动作来表示赞美或认同，指很棒的意思。动词：有发飙、发牢骚（带贬低他人无能之意）、瞎掰、闲扯的意思。例句：我不想和你牛阝了！不要老是跟我牛阝！相信我，观赏别人牛阝，总比自己牛阝爽多了！

【悲催】悲惨得催人泪下，常用句式：我们都是悲催的娃。豆瓣网上有网友如此描述悲惨的情形之一：用考试消耗他们的精力，用分数限制他们的追求，用升学压迫他们的心智，用各种被阉割的知识迷惑他们的认知，用前途莫测的就业转移他们的求索，最后再在他们头顶压上一套房子，然后，这个世界一下就安静了。

【睡服】艺人主动实施“潜规则”，以“睡”征服某些特定人物（导演、富商）。这是港台娱乐圈继“艳照门”“咸猪手”“集邮门”后的一起“陪客”风波。睡服，是“饭局价”的另类产物，是“我脱了，您随意”的赤裸交易，是《蜗居》中“人情债，肉偿啦”的现实版。睡服不仅仅只出现在娱乐界，睡服泛滥的恶果是道德廉耻失衡、社会价值扭曲。

【菲警】菲警，特指在菲律宾人质劫持事件中的无能警察。在这场“世界上用时最长的营救突击”中，菲警被指犯下救援十大失误：谈判期间直接拒绝劫持者要求、营救突击没有在第一时间展开、没有选择正确的“砸窗”工具、突入车内前没有投放失能武器等，最终导致8名香港人质被射杀死亡的惨剧。香港《东方日报》在社评中表示：菲律宾欠香港一个血的解释。

【微博控】“偷菜”之后玩“围脖”。“围脖”，当下最热火“微博”（Twitter）的昵称，发条微博仅140字，可唠家常、贴怪照、转段子，可通过关联QQ、MSN、手机即时发布，可“秒杀”明星、粉丝的转发与评论，极易上瘾。“围脖控”的典型特征是抑制不住地每天刷屏，随时关注排名，“点灭”评论，狂揽粉丝，有信必回，语不惊人死不休。

【69圣战】69圣战，源起2010年5月30日数千歌迷拥挤在上海世博演艺中心取票区域，为获得韩国人气组合Super Junior当晚演出入场券一度造成混乱引发踩踏，园区方面不得不出动大量武警维护现场秩序。此事件曝光后，引发大量网友极度反感，随后以“魔兽

世界吧”为发源地，在天涯、猫扑等各大网站出现了网友有组织的反对 Super Junior 及粉丝的活动，引爆反哈韩网民同 Super Junior 粉丝的大混战。

【不给力】世界杯时，讲波佬动不动就会来一句：“西班牙太给力了”“不给力啊，德国”……追根溯源，“给力”最早来自于中国网络“配音组”给日本漫画家曾田幸助《搞笑漫画日和》的中文配音。所谓“给力”是有帮助，有作用，给面子；“不给力”就是形容和自己预想的目标相差甚远，表达某个事件或某个人物带给自己的一种无力感。

【Google-bye】百度被黑，谷歌要撤。“百度一下，你就知道。Google 一下，你知道得太多……”1 月 13 日，谷歌称有中国网络攻击者试图窃取 Gmail 源代码及 Gmail 账户信息，将关闭 Google.cn 服务及在中国办事处，全面退出中国市场。有网友自发前往谷歌中国办事处“非法献花”以示祭奠。也有评论称，谷歌是在绑架道德，掩饰其在中国的商业溃败。

【被韩国】韩寒候选美国《时代》周刊 2010 年“全球最具影响力人物”，结果，网上有人马上发帖戏称：“韩国人八大证据力证韩寒是韩国人”，网帖称，一个轮廓和韩寒相似的 60 岁韩国男子在韩国一档娱乐节目中，声泪俱下地说韩寒是他失踪 28 年的儿子。这是继孔子、曹操、李时珍、西施、朱元璋、孙中山等中国历史名人“被韩国人”后的又一波中韩“抢人”热潮。

【被火锅】2010 年考研英语大作文试题，一个冒着热气的火锅里装满了“佛、功夫、解构、礼、毕昇、儒、后现代、老舍、莎士比亚、爱因斯坦、道、仁、天鹅湖、启蒙、京剧”，俨然一份既美味又营养的文化大杂烩。考生须据此写一篇 160-200 个单词的作文。不少考生傻了眼，不知火锅、京剧用英语怎么说。

【红段子】“红段子”是“黑段子”“黄段子”的敌人。它短小精悍、健康向上，目的是为正面引导舆论和消费导向，有提高思想水平、宣扬社会美德、激发生活激情、启迪美好人生、催人奋进等功效，主要形式有励志短句、哲理箴言、管理格言、警句良言、真情祝福、幽默小品等。例句：“袜子决定离开相恋多年的裤子，转投鞋子的怀抱。裤子哭问：‘鞋有什么好？’袜子答道：‘你整天晃来晃去，吊儿郎当的，哪有鞋般脚踏实地，和鞋（和谐）才好。’”

【小确幸】 小确幸，指微小而确实的幸福，语出村上春树《兰格汉斯岛的午后》。小确幸可能是一句温暖的问候、一场歪打正着的约会、一些生活中的巧合、一个拥抱、一次打折、一次中奖……“小确幸”与金钱、地位、权力无多大关系，只不过是一些微不足道的小事，在某个时刻触动了人们内心那根柔软的神经，于是，产生一种“快感”或“幸福感”。

【织毛衣】 有一首网络歌曲这样唱道：“我深深地爱你，你却爱上一个傻×，那个傻×不爱你，你比傻×还傻×，喔……你还给傻×织毛衣。”“织毛衣”是 20 世纪 80 年代谈情说爱的经典情节，在如今，这个简单的动作却表达了一种无限的纠结与伤感。有网友解析：“一个好的爱情故事，应该包含刻骨铭心的爱，咬牙切齿的恨；有小三，有争夺；既让人会心一笑，又让人悲伤无奈。现在用一句话就能讲明白这个爱情故事了——你还给他织毛衣！”

【天上人间】 南唐李煜《浪淘沙令》词中说："流水落花春去也，天上人间。"落到今天，天上人间就是一家北京的夜总会，在被北京公安查出"有偿陪侍"小姐，被勒令停业整顿6个月之前，它是京城富人享乐的声乐场，昂贵的会费，漂亮、好身材、高学历、会讲英（日、韩）语的高校女生，身家千百万的花魁，背景深厚的后台老板，种种轶闻一直在坊间被人津津乐道。

【莞式服务】 坊间段子称"十万小姐赴岭南，百万嫖客下东莞"。东莞粉色产业的"莞式服务"形成了流程性极强的"ISO9000标准"，其背后还承载着一条从顾客数据库、短信制播、化妆业、饮食业、运输业到酒店业的庞大情色产业链。为了摘掉"黄帽子"，有着32个镇、96家星级酒店的东莞，从2009年年底掀起一场扫黄风暴。从"世界工厂"到"黄色地带"，反映出东莞经济发展的一种现实尴尬。

【审丑疲劳】"审丑疲劳"是"审美疲劳"的反面，指的是人们对现实社会生活中的丑恶现象越来越麻木不仁，甚至美丑颠倒，以丑为荣。从芙蓉姐姐到罗玉凤，从炫富女到艳照男，从贪腐好色官员到黑心煤老板，从红包医生到无良商贩，人们更多的是麻木、羡慕、效仿的心理，折射的是一种混乱无序的社会价值观。

【俺么搔瑞】 为迎世博"语言沟通无障碍"，上海市卢湾区推出"双语指南"，用"雷人"的汉语发音标注英语。"俺么搔瑞"是"I' m sorry"；"维尔抗姆突奥窝思道"是"Welcome to our store"；"古的猫宁"是"Good morning"；"坎挨海尔扑油"是"Can I help you"；"俺么搔瑞，挨坎翁累死鼻科额累偷英格历史"是"I' m sorry, I can only speak a little English"。

【保卫粤语】没有方言的城市是可耻的！7月5日，广州市政协的一项提案建议："广州电视台综合频道和新闻频道改为普通话播出，另辟广州电视台粤语频道；或综合频道和新闻频道在主时段用普通话播出，适当时间安排粤语重播。"消息一出，羊城哗然！一场"粤语保卫战"吹响号角。《人民日报》表态：现代大都市，应该有坚持本土语言和习俗的自信，也必须有宽容和接纳普通话以及其他方言的胸怀。

【呜呜祖拉（Vuvuzela）】呜呜祖拉，南非世界杯足球迷助威大喇叭，长1米，在古老的非洲用于召集部族成员集会，Vuvuzela在祖鲁语中为"制造噪音"之意。国际听力组织"听到世界"称，"呜呜祖拉"发出127分贝"嗡嗡嗡"的噪音会令人头昏脑涨、心情烦躁，极可能导致永久性听觉丧失，球迷看球需戴耳塞。呜呜祖拉也可用于驱赶狒狒，据传，其威力甚至可以杀死大象。

【Oh my Lady Gaga】Lady Gaga（雷帝嘎嘎），美国当红流行歌手，嘻哈彗星阿肯（Akon）自创厂牌 Kon Live 旗下的"秘密武器"。Lady Gaga，一个据说永远不穿裤子的女人，她会穿透明塑料装出行，会让一只大龙虾趴在头顶，她的音乐，她的发型，她的烟熏妆，她的奇特穿着，"雷死人不偿命"。人们一次次惊诧，大叫"Oh my Lady Gaga"，再叫"Oh my God"已经"Out"。

【笑而不语（smilence）】中式英语（Chinglish）采用中式语法和英式词汇，很容易出现荒诞不经的神奇效果。比如：smilence=smile+silence=笑而不语，emotionormal=emotion+normal=情绪稳定，circusee=circus+see=围观，suihide=suicide+hide=躲猫猫，don'train=don't+train=动车，sexretary=sex+secretary=女

我爸是李刚（详见 P13）

秘书，togayther=together+gay=终成眷属。

【羡慕嫉妒恨】“羡慕嫉妒恨”，最新港台流行串词，指人因不满情绪的递增而强烈到不能自持。“羡慕嫉妒恨”是一种修辞，像“神速麻利快”描摹一种“快”，像“刁巧伶俐奸，敌不过忠厚老实憨”表达“老实常在，奸猾一时”之命意。通过紧凑、复沓的形式，表达鲜明、强烈的情感，追求一种奇特、夸张的效果。

【我爸是李刚】“官二代”李启铭在河北大学校区内醉驾撞倒两名女生，致一死一伤，逃跑中被拦下，高喊：“有本事你们告去，我爸是李刚（保定市北市区公安分局副局长）！”代表权贵嚣张气焰的“我爸是李刚”金句，顿时掀起网络造句大热：床前明月光，我爸是李刚；假如生活欺骗了你，不要悲伤，我爸是李刚；桃花潭水深千尺，不及我爸是李刚；人间正道是沧桑，我的爸爸是李刚；真正的勇士，敢于面对我爸是李刚。

【恨爹不成刚】“老子恨铁不成钢，小子恨爹不成刚”是“拼爹”前传、“我爸是李刚”后传，是“贫二代”“农二代”对“官二代”“富二代”的羡慕嫉妒恨。恨爹不成刚的最近一例是，甘肃青年王鹏因上网举报“官二代”、大学同学马晶晶公务员考试作弊，“严重危害社会秩序和国家利益”，遂以“涉嫌诽谤罪”被宁夏吴忠市公安局跨省追捕。好在此事被媒体与网友强烈关注，王鹏获释，获国家赔偿1003.44元，相关当事人亦被迅速“免职”。

【微小青春期（mini puberty）】如果不是圣元奶粉闹出“女婴早熟门”，不是网友喊出：“止尿喝三鹿，丰胸饮圣元”，不是学识渊博的卫生部专家进行科普工作，断没有人知道“单纯乳房早发育”“生理性的微小青春期”是怎么一回事儿。性腺稳定器学说认为，下丘脑—垂体—性腺轴（HPGA）之间的负反馈联系在新生儿和婴儿早期已经建立，但其抑制功能尚不成熟。此时，促性腺激素（Gn）呈高分泌状态可似青春期水平，故称“微小青春期”。

【全国哀悼日】全国哀悼日是当出现灾难性事件或重要人物逝世时，大多数国家可设立全国性的哀悼日来寄托哀思。在此期间，通常国内所有的政府机构、驻外机构会降半旗；停止公共娱乐活动；举行默哀仪式等。2008 年 5 月 19 日至 21 日，是“5·12 汶川地震”全国哀悼日，这是中国历史上第一次为普通国民设立的全国哀悼日。2010 年 4 月 21 日，是“4·14 青海玉树地震”全国哀悼日。2010 年 8 月 15 日，是“8·7 甘肃舟曲特大泥石流”全国哀悼日。一年出现两次全国哀悼日，历史罕见。

社会

【喝开开】河南青年王亚辉因涉嫌盗窃被鲁山县警方带走，不日躺进太平间，背部、手臂大块淤青，头部破洞，乳头被割，生殖器有伤。警方解释，王系“喝开水死亡”。“今天你喝开水了吗？”“小心，开水有毒”迅速成为网络问候语，“喝开开”成为睡觉觉、躲猫猫、洗澡澡、做梦梦、摔床床、解铐铐、吊绳绳、递纸纸、弹指指后的“非正常死亡辞典”最新条目，公安局、看守所、监狱也被网友喻为中国最“危险”之地。

【盖被死】戚业强，22岁，茂名市茂南区金塘镇人。4月28日，戚业强因合伙盗窃柴油被刑拘，羁押于茂名市第一看守所。警方称，11月25日凌晨1时20分，戚业强突然发病，值班民警将其送至医院救治。凌晨3时45分，戚业强因抢救无效死亡，医院诊断为猝死。家属说，一名警察在解释死因时称，尸体肺部有大量淤血的戚业强可能是盖被子闷死的，此后，警方否认这一说法，并拒绝公布当天监控录像。

【呛奶死】9月15日上午10点，南京江宁区一对夫妇带3个月大的女儿到卫生所打百白破疫苗，并服糖丸（液体脊椎灰质疫苗）。下午2点，孩子突然气微、面苍，未等送医即亡。家属疑孩子因接种疫苗而亡，怒砸门诊玻璃。南京市卫生局专家组会诊，初断孩子系呛奶窒息而亡，与预防接种疫苗无直接关系。南京市疾控中心一专家称，疫苗造成新生儿死亡主要有三个原因，一是过敏性休克，二是喉头水肿，三是热惊厥，该婴儿并不属于以上三原因中任何一个。

【纸币开铐】昆明市小南派出所候问室，29 岁、60 公斤的盗窃疑犯邢鲲，通过“一元钱纸币解开手铐”，用“长约 1.4 米的两根鞋带自缢”，他所处位置正是监控“死角”。“死角角”是继“躲猫猫”后的又一起昆明“悬疑事件”，网民戏称，邢鲲的手艺超过了刘谦和《越狱》里的迈克尔·斯科菲尔。从裤腰带到鞋带，从监控死角到视频缺失，从“自杀”到“被自杀”，每一次的民众质疑都是对司法公信力的沉痛拷问。

【被精神病】4 月 9 日上午，湖北十堰五交化公司 20 余名员工在宏正酒店门前打横幅上访。十堰建行职工彭宝泉、报告文学作家邓复华及粮食局职工吴祖华在现场用相机、DV 拍摄，随后 3 人随同上访者一起被十堰市茅箭公安分局带走，吴在次日凌晨被释放。彭宝泉及邓复华随后被送往茅箭精神病医院，两人留置 6 天“治疗”后得以离开。警方称彭、邓系事件组织者，患有偏执性精神障碍。

【养鱼执法】“养鱼执法”是“钓鱼执法”的升级版。哈尔滨通河县的黑车向运管部门缴纳 3000-7000 元罚款即可“合法”营运。多地“违章建筑”向“拆违办”交纳一定罚款后变成“合法建筑”。“养鱼执法”是权钱交易的无码版、严格执法的病毒版，它比“钓鱼执法”的危害性更大，是对法律的无情践踏，是对“护法者”的蔑视与挑战。

【靐提案】靐（bìng），“被三个响雷同时劈到，堪称雷的最高境界”。“两会”期间，出现许多“靐提案”，全国政协委员张晓梅提议：老婆在家做家务，老公要发工资。她的往年“靐提案”还包括将“三八妇女节”更名为“三八女人节”、在美妆行业提倡小费。全国政协委员、陶然居饮食集团董事长严琦建议：关闭所有社会网吧，由政府办公共网吧。未过多久，陶然居官网被黑。

【等地震】一个“地震谣言”被以讹传讹病毒式传播，结果在山西上演成一场民众半夜上街“等地震”的乌龙事件。2月21日凌晨3点，山西太原、晋中、长治、吕梁、晋城等地灯火通明，听闻“山西将有破坏性地震”传言的民众，在惊慌中拖儿携老，跑上街头、公园和广场“等地震”，有的村庄还用广播紧急通知村民“避震”。直至上午8点，经山西省地震局辟谣，彻夜未眠的民众才陆续回家。

【桥粘粘】斥资5000多万元、竣工一年、刚获“2009年南京市市级优秀工程勘察设计奖”的南京汉中门大桥，被市民发现有30多根立柱根部出现可插入手掌的裂缝，施工方的解决方案竟是连夜用胶水将裂口粘上。从“楼歪歪”“楼晃晃”“楼脆脆”到“桥粘粘”“桥糊糊”“桥裂裂”，谁能将唯利是图、敢于把民众安危放在炸药包上的豆腐渣工程制造者们绳之以法？

【慰问帝】武汉市公安局交管局政委王斌为了在记者见证下给交警擦一分钟汗，活生生让10名交警提前在烈日下排队曝晒半小时。很快，有网友发现，自2007年以来，“慰问帝”王斌反复以慰问方式出现在媒体报道之中，频率之高令人咋舌，慰问对象包括：高管大队民警、武汉最美女交警、上游村村民、三轮车司机、孤儿、贫困户等等。网友惊呼，真是镜头面前“人民的好政委”。

【保证哥】7月，扬州邗江区商务局局长马一平为向比他小好几岁的情妇李清表示“忠诚”，给她写下保证书：“谨向党保证本人于明年、最迟后年同李清结婚……”8月，又曝出扬州惠民医院院长王春给43岁的情妇陆秀华写下结婚保证书：“我的承诺：四年后和陆秀华走到（一）起结婚。”可笑的是，两人均因无法遵守承诺被情妇举报而遭到处分。

天上人间（详见 P10）

【前途哥】伊春空难发生后，为防记者，伊春派出大量警力清查，其中《法制晚报》《第一财经周刊》《华商晨报》四名记者在殡仪馆被扣留两小时，众记者抗议"警察不能随便抓记者"。事故调查新闻发布会，只准央媒进入，众市场化媒体抗议，当地一官员警告称：你们这样做要小心个人前途，此官员被称为"前途哥"。

【咆哮哥】6月的一个上午，一名广东网友在广州市长万庆良的留言板中留言反映，在离下班时间还差15分钟时，广州市法制办的一位彭姓公务员不肯收件，而且态度蛮横，该网友上传了一段现场录音，还原了该网友与办事大厅当班工作人员的言语冲突，彭某咆哮道："吵什么？我拿什么纳税人的钱，我们不收案了怎么样？"留言中，这位网友把态度不佳的公务员形象地称为"咆哮哥"。

【抓小偷】广东佛山高明区明城镇原党委书记伍志强因违纪被查处，权威人士透露，当日纪委工作人员曾约伍志强到高明明苑宾馆喝茶，期间他突然提出上厕所，纪委工作人员紧跟其后。出厕所后，伍突然拔腿狂奔，纪委工作人员大呼"抓小偷"，宾馆3名保安追上后将其按在地上痛打。

【包厢书记】海南省万宁市万城镇有位林书记，常年不在办公室，经常到固定的两家茶艺馆的包厢打麻将，群众办事经常找不到林书记。林书记说："我常去茶艺馆包厢是为了谈工作，谈拆迁、移坟、征地、安置。办公室人多嘴杂，没办法说话，你明白不？必须找安静地方，谈这样的工作，不能有人干扰和影响。"有评论者认为，以"地下工作者"的方式开展工作的林书记其实是位好书记，他一没贪污，二没受贿，三无小三，顶多就是考勤不合格。

【天花板干部】有调查显示，全国党政机关中，约有四五十万县处级干部，其中只有 10%-15% 能继续升迁，余下的遭遇职业瓶颈（career bottleneck），成了所谓的“天花板干部”。为解“天花板困局”，不少地方纷纷出台县委书记“原地提拔”等措施，各地出现一批“厅局级县官”。

【局长日记】广西烟草专卖局法规处处长韩峰在任广西来宾市烟草专卖局局长时写下的日记被网民曝光并疯狂转载，从 2007 年 9 月 24 日至 2008 年 1 月 31 日的“局长日记”共计 145 篇，每篇均为“微博体”几十上百字，详细记下喝酒、吃饭、收钱、玩女人、开会、游名胜古迹等事宜，日记“女主角”杨某、盘某、谭某等 6 位情人亦被“人肉搜索”。报道称，韩峰已被停职，纪检部门已介入调查。

【全裸乡政府】3 月，四川省巴中市巴州区白庙乡政府公示出 2010 年 1 月份公务开支明细表，详细记录每一分钱的公务花费，其中最大的一笔开支，是 1 月 24 日招待“财务预算公开民主议事会观摩来客”，请客三桌，花费 1269 元，最小的一笔开支为“购买信纸”，花费 1.5 元。被网友称为“政府全裸第一例”。评论认为，政府开支“全裸”是最好的“防腐剂”。

【恶意怀孕】网上疯传着“恶意怀孕”这档子事：《女人杀人后为避死刑，故意引诱少年让其怀孕》。有记者调查发现，此案案发于 2005 年，死者李某为阜新市某建筑公司的一名项目经理，据称，其妻张某长期怀疑丈夫有外遇，杀夫后外逃，4 个月后投案自首，但在审问期间，警方发现来投案的犯罪嫌疑人已经怀孕。据悉，该女子怀孕时间是在其杀夫逃逸后，而这名女子也承认其引诱一在旅店住宿的少年。但其在警方讯问时，并不承认自己是为逃避死刑而恶意怀孕。

【敲诈政府罪】过去两年中，河北沧州发生多起农民被指“敲诈”政府案。至少有4名农民因到北京反映诉求被认定为敲诈法院或政府而获刑。“敲诈政府案”多发生在重大活动、节日之前，涉案人均因个体事件四处投诉，多次进京，无法与相关部门谈妥赔偿金额，存在“敲诈嫌疑”而被抓。有评论认为，“敲诈政府罪”是“截访”的升级版，是一个黑色幽默。

【茶党 (Tea Party)】原指最近在美国兴起的反对奥巴马税收政策的新兴政治力量，它借用的是1773年“波士顿倾茶事件”的历史典故。在中国香港，“茶党”被引申为“被廉政公署请去喝过咖啡的人”，在中国内地，“茶党”被引申为“被有关部门请去喝过茶的人”。

【媒治】白岩松在主持CCTV《新闻1+1》时评论，媒体曝光负面新闻，各地迅速处理……过去领导说了算的“人治”刚刚消停，现在似乎又变成了“媒治”，媒体不报不治，一报就治。从“人治”到“媒治”是一种进步吗？“媒治”事实上不过是“人治”的一个变种，它走的是事情闹大——媒体报道——领导指示处理的怪圈。靠“人治”、靠“媒治”，不如靠“法治”。

【撞列牺牲】6月底的一个下午，民航中南局局长、党委书记刘亚军沿着广深高铁铁轨彳亍徘徊，以致神情恍惚，撞上列车身亡。有报道称，此时恰逢民航反腐高潮，与其同处广州的南方航空至少有9人被带走调查。刘亚军此时猝然离世，让人不免与反腐案件挂起钩来。

【洗面帝】一次4家企业向河南文化教育事业捐助2亿元的捐助仪式上，河南省委书记卢展工、省长郭庚茂等接见捐助企业负责人。

在场的河南省豫剧二团团长、省文联副主席、剧协主席、一级演员李树建激动万分："卢书记到河南之后，我们河南文化界的春天就到了。我们每天激动万分，以泪洗面。" 人称李树建"洗面帝"，有人说这是十足拍马的官媚，有人说这隐喻了文艺工作者的别样酸楚。

【打错门】真的是大水冲了龙王庙。6月23日上午，6名武昌公安分局"信访专班"便衣错把湖北省政法委综治办副主任黄仕明的妻子陈玉莲当成上访对象，在省委大院门口暴打16分钟！陈被打成脑震荡，软组织挫伤几十处，左脚功能障碍，植物神经紊乱……武昌公安分局政委后来解释说："误会，纯属误会，没想到打了这个大领导的夫人。"

【万年一遇】2010年夏天，长江洪涝频仍，那些支持或反对三峡工程的专家，都曾"盼着"一场洪水来验证自己的观点。三峡大坝正面临一场大考！荒诞的是，很快就有网民在过往新闻中发现：2003年，有官员表示"三峡大坝固若金汤，可以抵挡万年一遇洪水"；2006年，有官员表示"三峡工程预计节省200亿，今年可抵挡百年一遇洪水"；再到2010年，长江水利委官员则称"不要把希望都寄托在三峡大坝上"。这种防洪能力的极剧缩水，让"万年一遇"成为一个冷笑话。

【兴邦级灾难】"多难兴邦"典出《左传·昭公四年》："邻国之难，不可虞也。或多难以固其国，启其疆土；或无难以丧其国，失其守宇。"意思是：不要对邻国的祸难幸灾乐祸，多难可能兴邦，无难可能丧国。一位亲历南京"7·28" 原塑料四厂爆炸事故的博友写下一条微博："当时我正开车在栖霞大道上，离事发地点200米左右，突然一声巨响，马路上所有的车都一震，远方升起蘑菇云，我心里一凉，美国人终于对中国下手了。”有人总结出一个新词：兴邦级灾难。

【反三俗】 有敏锐的社会观察人士发现：“庸俗、低俗、媚俗之风正借助电视、手机短信、互联网等平台，大举侵入人们生活。从芙蓉姐姐到凤姐，从小沈阳到马诺，从电视相亲节目《非诚勿扰》中充斥的金钱、美色、性话题，到新版电视剧《红楼梦》的‘黛玉裸死’，集中迎合了人性中的某些低级趣味，宣扬的是一种裸露文化、拜金文化、铜臭文化，严重挑战了社会公共道德的底线，侵蚀了民族精神和民族意志，影响了未成年人健康成长。”港媒更敏锐：“许多迹象表明，内地正发起一场反三俗的新道德运动。”

【群体性癔病症】 日前，甘肃省陇西县一小学 68 名学生称闻到浓烈农药味导致集体中毒，不同程度出现头晕、四肢无力、腹痛、视力不清等症。医院未查出病因，诊断为：群体性癔病症。群体性癔症，也称歇斯底里，指某种精神紧张相关因素在许多人之间相互影响而引起的一种心理或精神障碍。如在学校、教堂、寺院或公共场所，一些人目睹一个人发病，由于对疾病不了解，也跟着产生恐惧、紧张心理，并出现相同症状。

【社会恐惧症】 清华大学社会学系社会发展研究课题组在《走向社会重建之路》报告中指出，现在的社会不是越建越大，而是越建越小。权力将社会自组织误认为是一种具破坏性的威胁力量，由此产生对培育、建设和发展它的拒斥，表现为限制、抑制和打压。这种排斥同样来自大众。“长期以来，包打天下、总体性权力的存在，造成大众对单一权力核心的信奉和依赖，造成对社会自主性的怀疑和否定。人们在表达、追求和维护自身权益时，也通常不断诉诸总体性权力，却避免公共参与和形成社会自组织。”

【尖脚猫游戏】卡尔维诺《做起来》里讲了个故事：有个镇子，做任何事情都被禁止。唯一未被禁的是尖脚猫游戏，人们就经常不厌其烦地聚着玩尖脚猫——“没有任何人觉得有理由抱怨，也没人觉得受不了，因为禁令被制定的时候总有恰当的原因”。几年过去了。官员觉得再没有任何理由禁止臣民做各种事，就发通知说一切都开禁了。但人们还是玩尖脚猫。于是官员就下令禁止尖脚猫。人们开始反抗，杀了很多官员，然后分秒必争地回去玩尖脚猫。

【禁网门】网曝，江苏省邳州市教育局近日向该市各中小学、民办学校等机构下发了一个《关于查处个别教师网络违规违法行为的通报》红头文件，文件称，2009 年以来邳州已有 3 名教师因在互联网上散布不实言论被拘留，广大教师“要注意形象，讲政治，讲大局，不该做的事不要做、不该说的话不乱说”。当地教育官员称：“教育局并不排斥教师通过正确的渠道反映合理正当的诉求，但不能侮辱谩骂，影响教师形象。”当地网友认为，邳州可能是中国网络生态最活跃的一个市。

【子弹通知】网曝，内蒙古呼和浩特市出现一份“史上最牛拆迁通知”：“凡居住在毛纺大院的住户，必须于我公司规定的拆迁期内，即 7 月 31 日前来我公司办理拆迁手续事宜。对于抗拒本通知，拒不搬迁者，原第三毛纺织厂职工王某某就是你们的榜样。对于 2010 年 8 月 15 日后仍继续居住在毛纺大院，对抗指示、拒绝搬迁的钉子户，本公司将为每位住户赠送一份礼品”。“通知”左下方，用透明胶贴着一颗暗黄色的步枪子弹，右边落款是内蒙古某房地产开发公司及其公章，日期为 2010 年 7 月 19 日。

【“租”白宫】成语“不越雷池一步”的诞生地安徽省望江县最近因“财政穷县建豪华办公楼超过 8 个白宫”而大热。爆料者称，望江县委、县政府占用182亩农田耕地兴建超豪华办公大楼，办公楼建筑面积达43600平方米，装修豪华，总造价约为5500万元。一个县政府办公大楼相当于8.5个美国白宫（白宫占地109亩，建筑面积5100平方米，132个房间）。而该县大湾小学300多名师生则在D类危房里上课。对此，县政府新闻办人员回应称是租房办公而非盖楼。

【自然水费】网帖爆料称，自2008年5月起，河南省固始县黎集镇农民用天上下的雨种田，竟需要交纳“自然水费”，“在给老百姓发放粮补条子时每人要扣去30元，政府给的说法是：交的是自然水费，也就是天上下的雨，农民用这个水种田也要收费”。一农户说：“我们家4口人，每个人交30元，就要交120元自然水费。不交就领不到粮补条子，拿不到条子就拿不到国家发的补贴。”

【自愿性跳楼】10月11日下午4时许，湖北恩施土家族苗族自治州26岁女青年苏莉在湖南衡阳市公安局办公楼7楼坠楼身亡。衡阳市公安局在次日的情况通报中称其系“跳楼自杀”。“苏莉跳楼死亡不属于公安机关执法办案过程中涉案人员非正常死亡。苏莉在我市各级公安机关没有违法犯罪记录，也没有被我市公安机关传唤、讯问、询问、调查。苏莉在跳楼过程中，表现出了很明显的自愿性和不可挽救性，纯属跳楼自杀事件。”苏莉家属认为警方处理不力，存在严重失职，并有隐情。

【株连式拆迁】在“没有强拆就没有新中国”强拆逻辑指引下，拆迁命案从未停歇。在广西北海市著名景区银滩公园附近，一场“株连拆迁”正在上演，涉及4个自然村1525户5000人。6月以来，四川省会理县许多公职人员亦不得不做两难选择：保工作还是保房子？山

敲诈政府罪（详见 P21）

东省鄄城县政府借“旧城改造”之名，引入多个房地产开发项目，“不签字，就停职停薪”。有评论者称，株连式强拆里演活的权力谱系，不小心泄露了权力场的诸多“通关密语”：权力百无禁忌，一旦政绩需要，全然可以肆意扭曲……

【冒死爷】“冒死爷”、广州一检测机构高级工程师钟吉章在《“冒死爷”爆料：通往2010广州亚运会的死亡之路》博文中称：广州地铁三号线北延段隧道内联络通道混凝土强度未达指标，可能存在重大安全隐患。广州市建委委托独立专家团进行调查，表示钟吉章反映的广州地铁三号线北延段嘉禾至龙归区间2号、3号联络通道混凝土强度局部存在不达标问题属实。同时表示，专家进行充分论证后，一致认为满足安全要求，可投入使用。

【立体燃烧】11月15日，上海市静安区胶州路728号教师公寓楼正在进行外墙装修，官方称因无证电焊工违章操作引发火灾，包裹楼房的脚手架、尼龙织网、毛竹片和外立面上的大量的聚氨酯泡沫保温材料都是易燃物，不到一分钟，整幢高楼被浓烟包围，瞬间形成一个大面积、立体式的火场，足足烧了4个小时，致58人罹难，70余人受伤。工程层层转包，管理混乱，监管与救治不力系火灾主因。

【毛驴哥】76岁的河北菜农张会全，一天早晨在郑州街头被执法城管掀了板车，连连扇脸。事后，他到处寻找打人者，只因想对他说一声：“我赶着毛驴车走了8个小时，到郑州卖红薯，只为给家中瘫痪两年的大儿子挣点买药钱。”老人说，每次来卖菜他都会捡起驴粪，以免脏了郑州的路。被称为“现代版卖炭翁”的他和老伴，感动了百万中国人，有网友称，他们身上有自己父母的影子。

【微笑姐】 在广州举办的第十六届亚运会开幕式上，礼仪小姐吴怡站在致开幕辞的中外官员身后，脸上一直保持露 8 颗齿的微笑状态，长时间出现在镜头中，被称为“亚运微笑姐”。有网友称：“三位领导开幕致辞，让全国人民认识了这位最幸运的女孩。幸运的是，她在开幕式直播中出镜时间如此之长（足有三位领导时间之和）；不过笑到面部僵硬，双手坚持交叉在小腹前，几乎抽筋。太难为她了。”

【87.53】 网传：2009 年 12 月中旬，国家统计局随机抽查 100 位网友，87.53% 的网友支持封杀 BTChina。87.53 迅速蹿红，风头一度盖过“贾君鹏”，网民戏称“87.53”是史上最神奇的数字、百分比和“最大笑话”，“0.53”是引发人们质疑的最大 Bug（漏洞）。87.53 现象背后，是网民对虚假统计的戏谑和“工资”、“幸福感”被增长的一次集中嘲讽。

【瓷器爱国主义】 一对中年英国兄妹在打扫去世亲人的房间时发现一只乾隆时期瓷瓶，结果被北京人拍出超过 5 亿元人民币天价，震惊英国媒体，“当竞拍价急剧飙升，那位出售瓷瓶的英国妇女几乎晕了过去”。瓷器爱国主义是指中国富豪出于爱国主义热情，抢购流失国外文物的情结。《金融时报》对“瓷器爱国主义”的阐述是：“如今中国的一些富人，正带着爱国主义情结，急切地想买回本国文化遗产。收回这些文物，有助于他们重寻身份和文化。”

【蒜你狠】 房市严控，热钱游弋。大蒜、绿豆、药材价格一路狂飙，土豆价追赶一斤鸡蛋价、大蒜价贵过猪肉价……大蒜疯涨甚至超过 100 倍。“蒜你狠”成为当下时髦泄愤词。每天开门七件事，柴米油盐酱醋茶，一个都不能缺，游资大肆炒作的结果是，让钱袋子愈瘪的市民承受越来越大的通胀压力，人们不禁感慨：房价涨，油价涨，大蒜涨，绿豆涨，辣椒涨，什么时候工资涨一涨？

【糖高宗】 今年，大蒜、绿豆、叶菜、玉米、辣椒等农产品大幅涨价，催生出一批锐词：“豆你玩”“蒜你狠”“姜你军”“玉米疯”“辣翻天。”白糖近日紧跟涨价潮成了“糖高宗”，蔗糖主产地广西的中间商报价已达到 5950 元 / 吨，创下了历史最高纪录，各地超市各种规格的食糖价格全面上调 13%。评论者认为原因有二，一是广西甘蔗减产；二是通胀预期下，农产品成了游资炒作的新目标。

【炒蒜团】2009 年，中国大蒜半年上涨 40 倍，一斤最贵卖到 20 块。今天的炒蒜团，不过是游资投机分子在炒君子兰、炒普洱、炒玉石、炒红木、炒藏獒、炒房之后的又一次出手，噱头就是防甲流。
此后，炒蒜团的目标又从大蒜转移至辣椒，获利者并非种植农户，而是中间的推手与投机者，受伤的是民以食为天的普通市民。炒蒜团盛行，反向证明了中国投资渠道狭窄与市场调控体系乏力。

【物价忍受力】 国家发改委宏观经济学会秘书长王建受访时称，中国须忍受更高的物价上涨率，中国社科院人士也建议，政府对价格控制的目标不宜定得太低，可考虑上调至 4% 左右。这种宣扬让民众“忍受物价高企，支持经济复苏”“合法受伤”的论调引发广泛争议。有评论者认为，不能让公众在物价地震中变成“猪坚强”，没有更多的收入，哪来更高的物价忍受度？过度通胀，实为小民不能承受之重，国家务必有所作为，防止通胀由“适度”滑向“过度”。

【限购令】“史上最严厉的楼市调控措施”——限一房、限二房的“限购令”陆续在北京、上海、深圳、厦门、广州、苏州等地先后施行。有评论者认为，限购令只是应景之策，对炒房客及房价的抑制力有限，甚至还误伤诸多改善型购房者。有网友说："限购要么在全国实行，否则那些炒家炒完了一线的房子，转战二、三线。等领导们清醒过来，全国的房价成了普通老百姓不可承受之重。炒家们最终是心满意足地鸣金收工，坐享房地产带来的丰硕成果，笑看百姓在水深火热中挣扎！"

【被中产】8亿中国人"被中产"，亚行最近发布的一份题为"亚洲和太平洋地区2010年关键指标"的报告，按每天消费2-20美元的群体标准，认为2008年亚洲中产阶层人数达19亿，占亚洲人口总数56%。这一比例在1990年仅为21%。就绝对数量而言，中国中产阶层人数是亚洲最多的，达到8.17亿，在所有亚洲国家中居首位，占全国总人口的六成以上。每天2美元，在中国只够买个鸡腿汉堡，不够支付煤气水电费。评论者认为，中国奢侈品消费增长全球第一，导致很多人一夜之间"被中产"，这是中国之忧，而非中国之福。

【被高铁】目前世界上一次建成里程最长、运营速度最快的高速铁路——武广高铁，平均时速350公里，武汉至广州3小时可达，一等车票价780元，二等车票价469元，比普列贵出三四倍。为"平衡运力"，铁道部停开13对京广线上的普列，民众普遍质疑这是"被高铁"。"我们缺的是钱，不是时间。我们需要多少个八小时，才能赚回两三百元钱？"长沙一民工担心，自己春运回家将成难题。

【租白人】美国《大西洋月刊》披露：中国部分企业流行租个白人撑门面。这些"冒牌"商人不需要任何专业经验，只需穿西装、打领带，为企业迎来送往，主持仪式，甚至和市长等寒暄交流。这群洋人从事的是"白人领带"(White Guy in a Tie)活动，"只要穿上西装，跟人握手，就能（在中国）赚钱”。有被租者总结经验：一、要有魅力；二、如果是男性，要穿西装，打领带；三、要住在北京，海淀区尤佳；四、要经常在北京语言大学外晃悠。

【古墓经济】2009年年末，河南安阳发现“曹操墓”，官方称将“曹操高陵”迅速建成三国文化考古、文物保护基地和旅游景区。有学者称，曹操墓每年最低可给安阳带来4.2亿元收益。“古墓搭台，经济唱戏”的政绩意味，甚至一度引发人们对“曹操墓”真伪的质疑。一直以来，地方政府靠做“死人文章”推动旅游、拉升GDP的做法，为人诟病。

【广告联欢晚会】“与其说是春晚里插播广告，倒不如说是广告里插播春晚。”春晚春晚，10万进场，300万露脸，400万才能上贵宾席。1秒广告80万，喊一句“××企业向全国人民拜年”上百万，一条贺电只送给投放额超1000万的企业。最贵的广告：“春节联欢晚会我最喜爱的节目”评选冠名标底6800万元，零点报时广告标底4600万元。除夕一晚，CCTV至少入账6.5个亿。

【名媛经济学】孙芸芸、胡婷婷、关颖、蔡依伦、蔡依珊本是台湾岛内“大门不出，二门不迈”的富家千金，因为家世显赫、容貌姣好、富有教养，被各大品牌商看中，成为继林志玲、大S、小S后的最新品牌代言人。她们抛头露脸，游弋于社交场，亮相于娱乐档、娱乐版，代言服装、珠宝、化妆品、饮料、家电。名媛与商业的相拥，有着绝佳的形象契合度与性价比。

【裸体纤夫】湖北省恩施土家族苗族自治州政协副秘书长、政协委员姚本驰为打造鄂西生态文化旅游圈，在恩施“两会”上提议要在神农溪景区恢复“裸体拉纤”。他认为，巴东神农溪裸体纤夫是三峡古老拉纤文化的活化石，是我国的重要非物质文化遗产。如有可能，他愿第一个充当“裸体纤夫”。

【死不起】人活着，是一场从摇篮到坟墓的“杯具”：“生不起，剖腹一刀五千几；读不起，选个学校三万起；住不起，三万多元一平米；娶不起，没房没车谁跟你；病不起，药费让人脱层皮；死不起，火化下葬一万几。”全国多座城市墓价贵过房价，北京一般墓地3万元／平方米，上海普通墓穴售价在2-20万元间，长春最贵墓地26.8万元／平方米，有网友感叹：活着买不起房，死了买不起墓，这让我们何处安身?!

【日光盘】日光盘，一种当日开盘即告售罄的楼盘，是当下楼市疯狂的最好写照。日光盘、海鲜价、天价地王、一日三翻价是中国楼市的关键词。形成日光盘的原因：一是中国楼市普遍看涨，供不应求；二是区域性价格洼地形成抢购风潮；三是开发商限量推盘；四是中国投资渠道狭窄，热钱纷涌楼市。

【退房联盟】随着全国楼市首付提高、银行停发贷款、看跌情绪蔓延，“退房潮”渐从传言变为现实，一个月前还在抢楼的准业主们在QQ、飞信、业主论坛上结成“退房联盟”，开始苦思退房大计。退房者中，因政策收紧导致房贷申请遭拒的占了大半。不过，买房容易退房难，喊着要退房的人不在少数，真正能退房成功的却不多，有些退房者可能退定金、退首期不成，反而要被索赔违约金。

【楼市三字经】感慨于中国楼市调控等于“空调”，网民“忍着点吧”创作出《楼市三字经·新政杂戏》MTV，时长6分24秒，以一稚嫩童声唱念四折台词，词句简练，朗朗上口：庚寅春，真疯狂，众央企，抢地王。楼盘价，玩命涨，一开盘，即疯抢……房新政，病怏怏，名虽存，实则亡。百日毕，细算账，价未降，反上扬……立秋至，人心凉，越盼降，越断肠。大趋势，渐明朗，鬼房价，还要涨……

【粉丝买卖】 有一条微博是这样说的："你的粉丝超过一百，你就好比是本内刊；超过十万，你就是一份都市报；超过一亿，你就是CCTV！"微博就是自媒体，"粉丝"就是影响力。拉人气成为许多"脖友"夜以继日"织围脖"原动力，由此，也催生出一种新经济——粉丝买卖。淘宝店有人开出微博粉丝价：10 个粉丝 =1 元。批发价 30000 个高质量、永久粉丝 2399 元。套餐价：微博粉丝 1500 人 + 转发 500 条 + 评论 100 条 199 元。

【文化折扣（culture discount）】 "文化折扣"是一位加拿大学者在《全球性电视和电影》一书中提出的概念。指在国际文化贸易中，文化产品如电视剧、电影会因为其内蕴的文化因素不被他民族观众认同或理解而带来产品价值的减低。将它套用到跨文化传播时，可以解释为由于背景不同、理解方式与程度不同等原因，文化会有所损耗。越是高端与纯粹，类似孔夫子的哲学，打折就越多，可能低到一二折；越是大众与多元文化，类似美国流行文化，打折就越少。

【零钞清点费】 零钞清点费，是指银行在为企业或个人提供清点零钞业务时收取的费用。所谓零钞，是指面值在 1 元以下（含 1 元）的纸币和硬币。据 2003 年 10 月 1 日实施的《商业银行服务价格管理暂行办法》规定，商业银行可对零钞清点整理储蓄业务收费，但零钞清点业务不属于实行政府指导价的业务范围，实行市场调节价，收费

悲催（详见 P6）

标准由各商业银行自定。事情就是这样，银行是嫌贫爱富的角儿，你提一麻袋硬币，它不收不点，你拿它没一点儿办法；它爱收爱点，收你清点费，你也拿它没有一点儿办法。

【脂肪税（fat tax）】 脂肪税，指一些欧美国家为了对抗肥胖症蔓延并增加财政，而对垃圾食品和含糖饮料征收的增值税。这种做法被食品厂商形容为是“保姆国家”的做法。有研究显示，脂肪税带来的饮食习惯改变，能够帮助降低冠心病、中风、肥胖症以及糖尿病发病率。每年最多可挽救 3000 条生命。同时也有观点认为，任何脂肪税都将对穷人产生巨大影响，因为他们的食品支出占家庭收入的比例远远高于富裕家庭。

【口水经济】 2010 年《中国互联网状况》白皮书显示，中国网民人数达 4.04 亿，中国网站达 323 万个，超过 66% 的中国网民经常在网上发表言论，每天人们通过论坛、新闻评论、博客等渠道发表的言论达 300 多万条。依靠网络庞大病毒式传播力达到宣传效果的网络营销应运而生，其中，网络推手、打手以猎奇和超常态的表现形式，通过海量发布，传统媒体助推等迅速吸引大量公众眼球，炮制无本万利的“口水经济”。“天仙 MM”、“芙蓉姐姐”、“凤姐”是为标本。

【红条】 有网友感叹：突如其来的一个电话、一则短信、一个微笑、一声敲门，都足以让人恐慌。名字都喊不出口的新同事，N 年没联系的老同学，生意场上的合作伙伴，八竿子打不着的网友，萍水相逢的老乡，只有在结婚的时候才把你列入“好友”名单。接到喜帖，就如同接到炸弹，苦不堪言。有人终于扛不住，打下“红条”——用红纸写下“来日可凭此条参加本人婚宴”，以缓解因人情世故造成的经济压力。

【吓爹】近日，国土部部长徐绍史表示，下一个季度后房地产市场可能会面临全面调整，房价肯定会下降。这一消息被网友恶搞成“国土部部长称房价肯定会吓爹”。“吓爹”一词成了网络流行语。“吓爹”的第一种用法，当“下跌”用，比如：“我希望猪肉价格也吓爹一下。”“吓爹”的第二种用法，形容看到一条惊人的消息或恐怖图片后的恐惧心理，比如：“你吓爹啊。”

【疑似曹操墓】河南安阳西高穴大墓被确定为曹操墓后争议不断，倒曹派和挺曹派为此打得不可开交。倒曹派认为曹操墓发掘存在造假嫌疑，并提出四点质疑：魏武王石牌犯常识错误；“复仇”石刻不符曹操主张；高大封土不符历史实际；墓中出土三头骨不可能。倒曹派认为，墓地有曹操墓的一些特征，但也存在着一些致命伤，目前暂且称之为“疑似曹操墓”更合适，有利正常学术争辩。

【恋爱经费】武汉某高校大二学生杨林赴校前，他父亲给了他两份费用——一份生活费：3500 元；一份恋爱经费：1500 元。他父母看到现在社会上大龄剩男剩女越来越多，怕自己的孩子错过恋爱黄金期。武汉媒体采访发现，近五成大学生领到过父母给的恋爱经费，其中男生居多，恋爱花费多在每月 200 元以下，其中每月 200 元以下者占 33.09%，200-500 元者占 24.30%，500-1000 元者占 12.63%，而 1000 元以上者占 11.33%，没算过的占 18.65%。

【空床费】空床费，夫妻一方因对方长期夜不归宿，要求对方支付精神抚慰金。前几年，重庆审了一案子：夫妻约定，如丈夫在午夜零时至清晨 7 时不归宿，按每小时 100 元支付空床费给妻子。法院支持其主张。2010 年，湖北一妻子诉丈夫常年不归家，索赔 50 万元“空床费”，经调解，以 13 万元结案。至今，各地已出现多起“空床费”诉讼，其中有要求跪 8 小时的，有要求不能探望子女的……各地法院判案不一，北京、安徽、广东等地有过支持判决，上海、浙江等地则倾向于不予受理。

【流氓产业链】“中国互害社会”流氓产业链在商界表现尤其突出：自造病毒、相互拆台、贼喊捉贼、互泼脏水、同归于尽者屡见不鲜。譬如流氓软件便是中国互联网最难以启齿的一道“风景”，诸多知名网站亦难逃干系，有业界人士称：“谁不做流氓软件谁傻！A 公司跟 B 公司竞争，用流氓软件对付流氓软件，最后两个人都变成流氓。”新近，又曝出圣元奶粉“性早熟”事件系蒙牛联手网络公关公司一手策划，更是让圣元、蒙牛、伊利陷入到一场奶业“流氓斗”的罗生门中。

【忧儿园】 当下中国，幼儿园已然成了忧儿园：“入园难，难于考公务员；入园贵，贵过大学收费。”在北京，有家长排队 9 天 8 夜争抢幼儿园入园名额，有的家长孩子一出生就开始托关系抢名额；在南京，知名幼儿园招 80 人收到 800 张关系条；在武汉，有的私立幼儿园一学期学费上万元……有观察者认为，问题出在：入托难存在多年，教育规划缺失；过分市场化致幼儿园锐减；财政仅向少数公办园倾斜，民办园异化为贵族化。

【蛋屋】 毕业半年的 24 岁“北漂”小伙戴海飞，因为租不起房，花 6427 元，用竹子和麻包片造出一个长 3 米、宽 2 米、高 2 米“城市下的蛋”。用于蜗居的“蛋屋”搁在公司所在的海淀区成府路一个大院里，内有一张木床、水箱、储物柜、电热毯，小戴说，房租省下了，心情舒畅了，能有钱去游泳、有时间看书了。但媒体报道后，海淀城管大队很快发话，“蛋屋”涉嫌私搭乱建，应拆除。北京，让人买不起房，也放不下一张床。

【被碾死】2010 年 12 月 25 日上午 9 点多，53 岁的浙江省乐清市蒲岐镇寨桥村“民选村主任”钱云会接到一个电话，匆匆出门，结果被一辆大型工程车碾断颈脖。6 年前，浙能乐清电厂征用村里 146 公顷农业用地拒补偿，钱上访，3 次被投看守所，村民相信钱死与此有关。“目击证人”钱成宇、黄迪燕称钱系被几人按在车轮下碾死，警方调查称“12·25 案”为交通肇事案件，排除“谋杀”可能。3 组由于建嵘等人领衔的公民独立调查团前往乐清展开调查。

【摇号限牌】2010 年 12 月 23 日，北京推出治堵新政：想买车？先摇号！12 月 24 日起摇号无偿分配车牌，先摇号获指标才能买车。2011 年起，每月限上牌 2 万个，一年指标 24 万辆；非京籍须持暂住证、缴满 5 年社保个税，有车市民无权再参加摇号。有人称治堵先要治城市规划官员的脑子，摇号不过是肥了黄牛党和“代堵公司”。有人调侃北京车牌摇号官网（bjhjyd.org.cn）是在预言：“北京还将拥堵”“不见号就怨爹”。

【未考先录】2010 年 10 月，“为党工作了几十年”的湖南省冷水江市人事局局长曹长清在退休前向组织提出一个要求，将 2011 年才毕业的儿子曹博文提前安排进市财政局工作，冷水江市委书记刘小龙、市长何志光、常务副市长陈伟志在这份手写报告上亲笔批示“同意”。冷水江市人事局一副局长称，这是照顾（各单位）一把手亲属子女工作，“如果这事你们查，还多得是”。在一些干部眼中，“为党工作”演变成世袭与谋私。

【猥琐帝】2010 年 12 月 25 日，陕西省志丹县西区采油厂庆祝年产量 100 万吨《红都欢歌》文艺演出中，志丹县委书记祁玉江熊抱住央视女主持人管彤："你特别地俊，特别地白，特别地美。我代表 14 万百姓拥抱你一下；亲爱的妹妹，你是红花，我是绿叶；我要唱歌打动你；我美不美啊？我是不是男人？"人称祈为"猥琐帝"。有人说，这是民风纯朴地方好客；有人说，这是官员不小心显露了夜场作派。

【黄山门】2010 年 12 月 12 日，复旦大学 10 名在校生、4 名校友与 4 名校外人员自发组成的"驴友团"探险时被困黄山未开发区域的悬崖边。在一场持续 6 小时的生死大救援中，24 岁的民警张宁海坠崖牺牲。复旦驴友获救后言行冷漠，复旦内部论坛，有人谈到学校应做好危机公关和"媒体控制"……此后，又传出驴友报警时系说出在上海有一位"非常有影响力"的"二姨夫"（不过是个体户）才获飞速驰援。一场户外探险上升为一场人性大拷问。

【化学火锅】2010 年年底，媒体集中曝光，目前市面上有八成火锅是化学火锅：浓汤里添加飘香剂、增香剂、骨髓香膏，底料里添加石蜡、苯甲酸钠防腐剂，鱼丸用硝酸钠、亚硝酸钠做发色剂，海带加孔雀绿，毛肚用工业碱泡，宽粉丝加明矾，鱿鱼加工业片碱和甲醛……"一顿火锅，人们吃进近百种添加剂。"卫生部门叫苦，说食品添加剂检查硬件要求高，监管难。中烹协称旗下知名火锅企业 100% 合格。

【宴收】每逢年底，有关部门的年终验收往往是搞形式、走过场：一"赴宴"，二检查，三发"合格证"。有的乡镇一天最多要接待 20 多位领导，办公经费全部用在了应酬上，干部抱怨年终验收似"宴收"：写材料外加陪吃陪喝。有县委书记感慨自己成了"三陪书记"：天天陪领导检查、汇报、喝酒，身不由己，又不敢怠慢，没有时间和心思干正经事。

族群

【犀利哥 (Brother Sharp)】 犀利哥，宁波街头流浪汉，因眼神“深邃”、发型“销魂”、衣着“日式混搭”而被内地网友及港台、英国媒体奉为“究极华丽第一极品路人帅哥”。犀利哥本名程国荣，精神病患者，生于 1976 年，江西鄱阳县人，10 余年前与同乡到宁波打工。妻子和父亲在三四个月前的一场车祸中去世，有 11 岁和 10 岁的两个孩子，其母亲和弟弟在看到报道后找到了他。此后不久，又有昆明版“深邃哥”现身。

【小月月】 小月月是中国网络为 2010 年国庆献上的最大一份贺礼。在网友“蓉荣”笔下，小月月及其“男友”小 W 国庆期间至上海游玩 3 天，“蓉荣”以东道主全程作陪。小月月爱装嫩、爱在朋友面前袒胸露背、爱穿剪了洞的紫色内裤、爱用香蕉皮擦身爱吃香蕉皮、爱用“低血糖，头晕”招式晕倒……人称极品女，凤姐不及其亿万分之一。小月月迅速蹿红，其衍生品：贴吧、小组、论坛、插图应运而生，甚至有网友成立“拜月一族”，有网友怀疑，小月月其实是一场愚弄网民的无聊炒作。

【章鱼帝】 章鱼帝保罗，生于英国多塞特，现生活于德国奥博豪森海洋馆。出道两年的保罗在 2008 欧洲杯和 2010 南非世界杯两届大赛中，通过在印着不同国旗的玻璃缸里选择吃不同食物来进行赛事预测，14 次猜对 13 次，成功率飙升至 92.85%，胜者因此将它奉为“章鱼帝”，败者恨不得把它煮了烤了吃。有一段子讲：“记者问章鱼哥什么时候中国能夺大力神杯，章鱼哥泪流满面，毫不犹豫地爬上了烧烤架。”

【孩奴】 生娃儿难，养娃儿更难。继房奴、车奴、卡奴后，孩奴兴起。“孩奴”症状自测：1. 一家开销，几乎全给了孩子。 2. 拼命挣钱，未老先衰。 3. 性格急躁，只有孩子的喜怒哀乐能影响情绪。 4. 不主动和朋友联络出游，不敢生病，不敢娱乐，不敢创业，不敢轻易换工作。

【菜奴】 网上流传着一份“菜奴省钱攻略”，网友称，房奴、车奴之后，菜价上涨又催生出一批“菜奴”，不少人开始纠集伙伴，探讨“菜奴”省钱之道。当菜奴要看“买菜时刻表”：最行之有效的方法是改早上买菜为傍晚买菜。一家多买好砍价，幸运时还能送棵葱，或者干脆自己在家里花盆种上几棵葱。炒着吃的改成烧汤，红烧的改为炒着吃——白萝卜最适用。更有人戏称：不吃更省钱。

【病奴】 看病也能“分期付款”！重庆女子黄沁因经济困难，在重庆某医院签下按揭协议，先做手术，欠款 3000 元，每月只需还 50 元，免收利息。“按揭看病”并非重庆首创，此前武汉某医院也曾尝试过，但由于遭遇逃款而退市。看病难、看病贵仍是当下严峻社会现实，不少家庭因病致贫，许多贫民受经济所迫，时常是“小病拖，大病挨，快死才往医院抬”。也有人担心，按揭看病会让人们成为“病奴”。

【坟奴】 生不起，活不起，病不起，学不起，住不起，不一定就死得起。有政协委员列过一份丧葬清单：一个成本只有几十元的骨灰盒，可以卖到三四千元甚至更多；一个墓穴动辄上万元甚至十几万元；给殡仪馆工作人员的“白包”；运尸费、抬尸费、火化费、取灰费、火袋费等名目繁多。殡葬业连续 5 年位于十大暴利行业之列，由于垄断经

等地震（详见 P17）

营，开发墓地的利润远超房地产。有人感慨：生前做房奴，死后做坟奴，一生是奴。

【嫁碗族】公务员，生老病死不用愁，被誉为中国最好的铁饭碗，也是中国女性择偶的首选对象。“考碗族”考上中央国家机关是“金碗”，省级公务员是“银碗”，地市级是“铜碗”，镇、街道是“铁碗”。挤不上独木桥的只能高呼“要嫁就嫁公务员”，“曲线救国”做名嫁碗族。从考碗族到嫁碗族，折射出一种中国青年上行受阻与社会阶层板结的无奈现实。

【娘化】娘化，日本动漫界新生事物，特指有爱人士对各种角色甚至非生命体进行“女性化”“拟人化”，多以可爱的动漫少女形象呈现。比如，微软在推出 Windows7 时，在日本推出一组让人瞠目结舌的“娘化”官方主题壁纸，画面女性极其之“萌”，人称“温妻娘”。此外，XBOX360 娘、WII 娘、PSP 娘及各种游戏娘，也大受御宅族欢迎。

【狐男（Metrosexual）】他们是一群像女人一样会打扮的妖娆男，大多不是同性恋。他们生活在大都市，爱购物，爱时装，爱保养，有着紧致白晰的皮肤、细长的手指。他们爱喝咖啡，爱看时尚杂志，爱泡吧，讲究品味，衣着时尚前卫，有着一种“美不惊人死不休”的中性魅力。

【雌雄同体（Androgyny）】这是一个男人穿裙、高跟，女人不戴胸罩穿短裤的中性时代，陈冠中在《爱富圈社交语言》中解释：Androgyny，阴阳兼株，雌雄同体，男女共身，形容词是 Androgynous，一般用于生理肉体，也可指风格精神。现在，男孩们越来越缺乏男子气，甚至连青春期也没了，没了压抑、反思、挫折、吃苦头，一切随手可得。没有青春期的社会是不会勃起的，所谓大国，是娘娘腔的大国，郭敬明比韩寒更代表这个国家的未来，至少现在看如此。

【麻豆】 麻豆是模特（model）的谐音。她们不是T台上的职业模特，而是一群“网络模特”——衣模、手模、腿模、胸模、鞋模、包模，专门替淘宝网店展示服饰、鞋帽、首饰、食品等商品。她们未经专业培训，多数是长相甜美、身材匀称、气质时尚的在校女大学生，兼职日薪最高上千元，月薪最高可过一万元。麻豆的诞生，实现了麻豆与店主的商业双赢，是电子商务细分化、成熟化的标志之一。

【长草族】 长草族，别名：月光族、负翁。“长草”——对某种商品的占有欲蓬勃生长，“拔草”——终于、彻底、干脆地把这件商品买下来。“长草族”是物欲时代的贪吃蛇和败金者，他们同时拥有几张信用卡，极易被时尚杂志广告、商场打折返券策略所蛊惑，购物欲望如同“野草”一样野蛮生长而无法自控，消费行为中充满了减压、报复和占有的意味。

【网络议价师】 网络议价师，一群活跃在各大购物网站上吆喝“你买东西，我砍价”、以替网购族拿到某一商品最低价抽佣生存的人。职业网络砍价师需精通建材、家具、电器等行业，熟悉各种产品的性能、特点、利润，能根据不同客户的预算为其量身打造合适的商品，他们最爱操办团购活动，他们砍价成功后以差价的百分比作为服务费，据说，月薪3000元不成问题，骨灰级砍价师甚至月入过万。

【网络水军】 网络水军，即受雇于网络公关公司，为他人发帖回帖造势的网络人员。为客户发帖回帖造势常常需要成百上千个人共同完成，那些临时在网上征集来的发帖人被叫做“网络水军”。版主把主帖发出去后，获得最广大的“网民”的注意，进而营造出一个话题事件，所有网络公关公司都必须雇佣大批的人员来为客户发帖回帖造势。“水军”可以捧名牌也可以毁名牌，可以捧明星也可以毁明星，伊利 PK 蒙牛即为最恶劣之案例。

【网络黑社会】 网络黑社会由网络“打手”、“地下出警队”和网络“删帖”、“营销”公司组成，它们是廉价“雇佣军”，在帮助雇主进行网络营销和打击竞争对手时，会不择手段在网络上集中火力针对某一品牌发布炒作性、攻击性言论，获取商业利益。康师傅“水源门”、“瑞星与奇虎 360 之争”等是典型案例，被蒙骗的是不明真相的网民，被中伤的是不谙此道的诸多企业。

【僵尸粉】 广州知名主持人陈扬由于不能忍受“僵尸粉”带来的虚假人气损害个人诚信，宣布关闭 @chensir 新浪微博。僵尸粉是微博上的虚假粉丝，它们通常是由系统自动产生的恶意注册用户。新浪解释，所谓“僵尸粉”是手机用户注册时，由系统自动产生的关注。事实上，在新浪微博和淘宝上，“僵尸粉”已然成行成市，有从事“粉丝批发”商贩称一个“僵尸粉”的价格，从几分钱到十几元不等。

【春晚钉子户】 春晚是中国被骂得最多的一台晚会。网民将一堆让人审美疲劳的老脸——赵本山、郭达、巩汉林、蔡明、冯巩、姜昆、潘长江、黄宏、郭冬临戏称为“春晚钉子户”。有多少“新脸”一年没点响动，挤破脑袋就图在春晚上“露一小脸”一露成名，可是屏幕就那么点大，时间就那么点长，一张张“老脸”挨个在屏幕上露完，《难忘今宵》已经唱响了。

【森女】日本最新崛起的族群——“森林系女孩”。“森女”风头直盖“鱼干女”“宅女”。“森女”起源于日本服饰团购最大交流网站的“森林系女孩”社群，上面主营“森女”主题商品、杂志、书籍和音乐。只要你随身携带相机、喜欢自然民族风衣饰＋宽松棉质圆裙＋编织材质小物、在咖啡座欣赏绘本、喜欢手作小物等即是“森女”。

【恋罗癖（Rbsession）】指的是少女粉丝对《暮光之城》系列电影男主角罗伯特·帕丁森的疯狂迷恋。每个相貌平凡的灰姑娘，内心都渴望自己成为女主角贝拉，被23岁、年轻帅气、世界最性感的男性“吸血鬼”罗伯特所深爱，即便被“狠狠吸上一颈血”也在所不惜。“恋罗癖”事实上是“萝莉控”的反向词，少女粉丝真正迷恋的是爱的施虐和受虐、征服与被征服、快感与痛楚。

【反孔精英】据传，因《孔子》上映，《阿凡达》2D版及普通版遭遇“强制下线”。“反孔”精英们高举道德大棒，放出“拒看孔子”的狠话：老子在抵制孔子，去看的是孙子！韩寒认为，《孔子》这部电影，无论从拍摄意义、商业利润、艺术追求、电影探索、教育启蒙、警世感人、视听震撼、娱乐消遣、记录历史等任何一个角度，都没有存在的必要，是一部完全可以抹去的电影。

【游走型主持人】国家广播电视总局收听收看中心主任金文雄在一次论坛上发言称：“最容易把电视节目做低俗的是一些‘游走型主持人’，或者说演员、明星主持人，比如侯耀华、王璐瑶、朱时茂、李斌、刘仪伟、大兵。”强调主持人要“加强思想修养，积极丰富知识，提高精神境界，积极地自我塑造，自觉抵制低俗之风，形成以节目低俗为耻、以节目高尚为荣的行业之风，人人争做健康文化的传播使者”。

【电脑寡妇（computer widow）】患有深度网瘾的老公爱电脑甚过爱老婆。他们忙着“偷菜”，忙着网游，忙着编程，忙着泡妞。“电脑寡妇”是“足球寡妇”、“麻将寡妇”之后的新族群。制造者们通常是网络程序编制员、网络系统管理员、网络设计师等，绝大多数在25-35岁，网瘾中毒程度不亚于烟瘾和毒瘾，他们通常永远睡眠不足，两眼通红，不刮胡子，一天吃两顿饭，不洗脸，不刷锅，好几个月不出家门，每天上网18个小时以上。

【海囤族】猪肉涨了，牛肉涨了，羊肉涨了，鸡肉涨了，食用油涨了，黄瓜涨了，西红柿涨了，油菜涨了……深圳人都提着菜篮子跑香港扫货了。以前，我把10块当100块，现在，我把100块当10块——“蒜你狠”“豆你玩”“姜你军”“糖高宗”“油你涨”“苹什么”直接催生出一群见物就囤的“海囤族”（囤囤族），他们担心以后要用麻袋扛钱上街，于是提前囤货：棉布、卫生纸、奶粉、糖和食用油、内衣、钻戒、白酒一个都不放过。

【年清族】“节前欢喜过大年，包里准备三五千。亲朋好友团团坐，节后回到解放前。”一个虎年春节，催生出“恐归族”和“节奴”。中国是个人情社会，每座城市都有自己的送礼标准，人人都有一笔“辛酸账”，老老小小一通红包、礼物送下来，花销1000元以下是“酷抠族”，花销1000-5000元是“人情族”，花销5000-10000元是“恼火族”。

【鸡贼男】“鸡贼男”带贬义，指小气、吝啬、上不得台面，或特别能算计、特别抠门、暗藏私心，同时还带点猥琐的男人。共分四级：初级——节约惯了；中级——现实所迫；高级——天性猥琐；变态级——自己省钱，给别人去花！鸡贼是一门学问：挣钱再多不舍花，一毛也得掰成俩，总把节约当借口，女友逛街他也怕。鸡贼有时也是一种无奈，譬如“房奴”“车奴”和“卡奴”。

【饭友】 饭友，指经常在一起吃饭，只有在饭局上才可见面的朋友，广泛适用于国企高管、政府官员、企业主和饭局狂。依照饭局餐馆等级，又分巨饭、大饭、中饭和小饭。有时，饭友也是狗肉朋友的别称。饭友，也有“fan”之意，特指“运动、电影等的爱好者”。

【大拿】 北方方言，指特别精通于某一领域的人，类似“专家”“权威”，稍带戏谑之意。如：张三在计算机方面可是个“大拿”。 也有一说：凡是“大”事，都由他“拿”主意，简称“大拿”。西北方言中，“耍大拿”有贬义，指对方正在炫耀某方面的特长，极可能在下一秒出丑。

【考神】“考神”——“考试必过神”，网络虚拟人物。“下午要补考了，哥你懂的。”补考高数前，南京某高校大三学生曹雪飞奔回宿舍，上网拜了拜“考神”，并虔诚地留言许愿。在“考文化”盛行的学校教育和社会选拔机制里，挂科族的梦想就是：信“春哥”，不挂科；拜“考神”，不费神！公考族的梦想就是：考上公务员，在办公室里“偷菜”！

【脉客】 脉客（man keep），特指善用人脉、经营人脉的人，是闪客、拼客、威客之后的新潮人。许多交往面广的媒体记者、销售人员做起了兼职“脉客”，或当猎头介绍工作，或疏通关系找人办事。斯坦福研究中心发表的一份调查报告称，一个人赚的钱，12.5% 来自知识，87.5% 来自人脉。

【草莓族】 形容新一代年轻人像草莓，表面光鲜亮丽，但一碰即烂，不善合作，主动性及积极性均较上一代差。草莓族有六大特征：

抗压性低，受挫性低，稳定度低，学历高但操作能力差，重视外表、物质与享乐，个人权益优先于群体权益。也有人以“布丁族”或“豆腐族”来揶揄缺点比“草莓族”还严重的人。

【向日葵族】指在高压社会中给点阳光就灿烂的乐天派。他们的典型特征是：善于发现微小幸福、没有太大野心、对负面情绪拥有钝感力、会适当放低生活标准、能选择自己喜欢的职业、抗压力强耐打击、能够随时随地发泄压力、容易发现事物好的一面、有一颗感恩的心、掌握着张弛有度的生活节奏、会赞美人、有一个适当健忘的头脑、善于自嘲、会用适当的精神胜利法、八小时外有所寄托、嘴角习惯性上扬15度。

【候鸟艺考团】特指每年艺术类考试期间，像候鸟一样奔波于各个城市进行艺考的考生。2010 年艺考期间，山东潍坊餐馆上座率、旅馆入住率近 100%。艺考 17 天，按每名考生在潍坊逗留 12 天左右算，每人每天平均住宿费 30 元、饮食费 30 元、交通费 30 元、购买考试材料 10 元、购物 30 元，再加上考试期间的专业辅导、通信、邮政、旅游、娱乐、美容美发、租赁乐器等其他费用 400 元，每名考生在潍坊直接消费约 1960 元（不含报考费），5.8 万余名考生、家长、带队老师为潍坊当地经济贡献了近 2 亿元。

【作女(Sassy)】“我不是 Single，我是 Sassy——单身(single)、富有(affluent)、成功(successful)、性感(sensual)及年轻(young)”成了当下都市潮女自我标榜的流行词。Sassy，既可形容一个女子“时髦、漂亮、活跃”，又可形容她“霸道、任性、无理取闹”，相当于上海话里的——“作”。

尊严（详见 P5）

【校漂族】“校漂族”主要有“五大门派”：守着学校奋斗考研的“考研派”，为图方便滞留校门口的“求职派”，舍不得离开校园恋人的“恋爱派”，没有做好步入社会准备的“逃避派”，想离开家人自己打拼的“潇洒派”。

【球迷(fans)】4月11日晚，有人在witter上发现日本知名AV女优苍井空的twitter账号，许多中国网友闻讯纷纷“翻墙膜拜”，苍井空粉丝以每分钟约37位的速度迅猛增长，凌晨时分即破一万大关。苍井空迷惑不解，惊喜交集，她通过翻译软件发微博：我使用的是翻译。谢谢。在中国我的球迷（fans）。“球迷”一词迅速风行，许多网友聊天互相问候：“你也是球迷么？”

【抄号族】“抄号族”多为爱上网购的年轻白领、在校大学生和悭钱师奶。她们是天生的购物狂，爱漂亮、会打扮、善梳妆，精打细算会过小日子。她们，每一个人站出来就是这座城市的精品购物指南。她们爱逛商场，但只看只试却不买，经常会像地下工作者一样掏出手机拍下、记下货号，回头再到网上买，团购、爱代购，手机、箱包、服装、鞋帽、化妆品……同样的商品能打到六七折。

【焦郁碌】21世纪，现代版“白骨精”（白领、骨干、精英）每天不是在“恐烦森”（恐惧、烦躁、阴森）就是在“焦郁碌”（焦急、郁闷、忙碌）中度过。“大国崛起”的背后，是上行受阻的社会、正在板结的阶层和未富先懒的社会现实。进取的动力和机制保障缺失，导致人们未富先奢、未富先剩、未富先退、未富先痞、未富先娇、未富先败、未富先宅、未富先炫、未富先疲、未富先赌……

【电波族】 电波族，语出《荒川爆笑团》，指有妄想症、逃离现实、完全沉浸在自我幻想世界中的新人类，是网络时代的萌系御宅族用语。电波族通常爱进行角色扮演，举止怪异，傻得可爱，或穿河童服，或手握黄瓜，又或声称自己是外星人，态度坚决。电波族衍生出电波歌——一种集 Loli 音、电子、萌、口白于一体的歌，一听上脑，再听上瘾，即使不听，脑袋仍然被歌曲旋律缠扰，挥之不去。

【日记党】 日记党，一群活跃在微博上，以戏仿某些历史名人、文学人物、新闻人物腔调写日记为乐的网友。譬如鲁迅日记、雷锋日记、犀利哥日记、刘备日记、潘金莲日记、蒋介石日记、苏轼日记、孔子日记、悟空日记、王小波日记、曹操日记等等，博友往往结合当下社会时事，模仿这些人物的语气编造日记，调侃针砭、嬉笑怒骂尽在其中。

【"窥探"狂人】 "窥探"狂人，指在网络时代通过察看 MSN、QQ 签名，开心网、人人网状态栏，个人博客、微博随时窥探他人心情和行踪的人。"窥探文化"是数字时代"有话就说，有图就秀"的一种现象，人们热衷于将自己心底最深处的想法贴到博客或社交网站上供所有人阅读，这可能会导致一些不良的社会影响，比如对隐私关注度降低以及"过度分享"等问题。

【低碳哥】 低碳哥，指无房、无车、无女人的"三无"宅男。低碳哥没房子，不用装修，节约木材，保护森林；没车子，不排尾气，省下油钱，上班骑自行车，既无停车之烦恼，又能锻炼身体，美哉妙哉；没老婆，回父母家蹭饭，节约燃气。低碳哥爱用小杯接水刷牙；爱收集废可乐罐、报纸、杂志，定期甩卖；看电视不开灯，用电脑亮度调到最节能；洗脸只用半盆水，洗完袜子刷拖鞋，刷完拖鞋洗马桶。

【减肥侠】 减肥侠是这样一群可爱的胖妞，她们随时携带满兜的零食，左手一块巧克力，右手一杯冰淇淋，天天发誓要通过运动、药物、手术、意念和饮食减肥，见到美食又以各种理由原谅自己，“吭哧吭哧”吃得一干二净。她们生活的主轴就是减肥，她们既爱美女和帅哥，也爱超短裙、高跟鞋、比基尼、小蛮腰，与天斗与地斗与肉斗，屡战屡败，屡败屡战，其乐无穷。

【划卡胸】 划卡胸，指插进一张卡掉不下来的波霸、“胸器”。有人士声称，“露乳沟会引发地震”，美国女大学生麦克赖特为反驳此谬论，通过 Facebook 发起一场“露乳沟日”行动，约 10 万美国妇女积极响应，在网络上大秀自己的“乳沟照”。

【克莱格伦 (Cleggeron)】“克莱格伦”，英国民众所创新词，用来称呼现任英国首相卡梅伦和副首相克莱格，因为他俩长得像双胞胎。有英国选民称，在投票时，难以分清卡梅伦和克莱格。除了长相，卡梅伦和克莱格的共同点还包括：1. 都是贵族出身；2. 都是名校毕业；3. 都爱老婆并且顾家；4. 都有能挣钱的老婆；5. 都能熬夜（因为都还年轻）。

【橡皮白领】 指部分白领在职场中充满职业倦怠感的工作态度。主要表现为没有痛感，没有效率，没有反应。整个人犹如橡皮做成的。不接受任何新生事物和意见，对于批评、表扬无所谓，没有耻辱感和荣誉感。如果想改造他们，力度小了他们根本不在乎，力度大了还会反弹一些不满。

【代圈】 昨天，人们在讲老一辈与年轻人对音乐、道德准则、时尚以及很多事物看法不同时，会用“代沟”来表述。在今天这个数字时代，

“代圈”可能比“代沟”更为准确，因为年轻人正成为技术应用领域的主导，年轻人在技术应用方面的能力正逐步超过他们的父辈，并已在很多方面颠覆了由父辈掌控一切的传统局面。在芬兰，政府部门就让人不可思议地挑选出5000名新生代网络达人，让他们教教师使用电脑。学生变身为老师，老师则变身为学生。

【3A族】3A族，出生于1970到1985年间，约2亿人，他们是社会中坚力量，多数是公司主管、私企老板、高级白领，具有聪明的头脑和坚强的意志，怀抱着对美好生活的追求与向往，同时又承担着沉重的负担。与月光族、蚁族不同的是，“3A族”大多数已小有所成，有房有车有小宝宝（A爸、A妈、A仔）。3A族有五大特征：奋斗是标签，压力与动力共存，爱情、家庭与事业并重，理财意识觉醒并付诸行动，追求生活品质。

【刹那族】刹那族，就是珍视每一个瞬间、重视每一瞬间的价值、引领新潮流的人。韩国广告企业Innocean在对韩国首都首尔2316名20-30岁年轻人的调查后，发表一份《韩国数码生活报告书》，报告称20.7%的韩国年轻人是“刹那族”。报告认为，随着智能手机等便携式数码设备大行其道，韩国越来越多的年轻人开始成为利用网络享受“物美价廉”购物乐趣的“刹那族”。他们通过网络检索，以最快速度获知商品便宜价格，喜欢用积攒的积分或打折券购买商品。

【黑领阶层】经济学家郎咸平称，中国“黑领阶层”独占经济财富。神秘的黑领阶层在一、二、三线城市遍地开花，相对干干净净的白领，他们的衣服是黑色的，汽车是黑色的，脸色是黑色的，收入、生活、工作都是隐蔽的……他们开着“自己”的豪车，拥有几处豪宅，用的是全套红木家具，喝茅台、五粮液，品天价普洱，抽极品中华，看精装《毛泽东评点评二十四史》，公派出国，有佣人有情人……他们是依靠垄断和后台掘取黑金的隐秘群体。

【伪球迷】 伪球迷是这样的：始终认为世界杯是世界足球水平最高的比赛。把齐达内叫成齐祖、把贝克汉姆叫成小贝、把罗纳尔迪尼奥叫成小罗……想不起本届世界杯任何一个参赛球队守门员的名字。说起夺冠热门，脱口而出巴西、意大利、德国、阿根廷、法国。从不赌球却证据确凿地认为，最近几届世界杯决赛都是庄家操纵的结果。看足球直播，批评解说员的口才远多于评价比赛。只在世界杯或中国队比赛期间才看足球直播和谈论足球。

【黄油手（Butterfingers)】 黄油手，对容易出现低级失误、经常扑球失误的足球守门员的戏称，意思是手上像抹了黄油一样拿不稳球。法国传奇门将巴特斯是最早被称为黄油手的人，而英格兰队因盛产黄油手门将，而被称为英格兰黄油队，希曼、詹姆斯、罗宾逊、卡尔森等都是著名的黄油手。2010 年南非世界杯先后出现了查奥齐和格林黄油手。

【正妹】 正妹，常见于香港、台湾对正点美女的粤语称呼。正妹现象，特指台湾当代女大学生毕业后不承担社会重任，反而走入演艺圈从事Showgirl（展场女郎）工作，反映出女大学生以身体作为大众消费商品的事实。也有支持者称：英雄不论出身、Showgir 对社会一样有贡献、学校应尊重学生自由发展，甚至有人喊出“正妹贡献不输教授”的主张。

【极客男】 极客（Geek)原指那些性格古怪的人，或是狂欢节上表演的小丑，后引申成电脑黑客的贬称，他们具有极高的技术能力，对计算机与网络的痴迷有时会达到癫狂状态。极客男包括：宅男、书呆子、理工科专家、疯狂的电脑玩家，这群家伙多数智商超群、善于钻研却又头脑简单，情商基本小于等于 0。极客男的代表有《生活大爆炸》(The Big Bang Theory)里的四位：Leonard、Sheldon、Howard、Rajesh，《老友记》(Friends)的 Ross，还有《IT 狂人》(The IT Crowd)里的 Moss 等。

【稚成人 (Kidult)】 泛指孩童化的成年人，或指稚气、童真、有赤子之心的成人。Kidult 由 kid(孩童)和 adult(成年人)两字合并而成。他们年龄多处于 20-40 岁间，拒绝长大，渴望单纯，渴求保护，喜欢收藏小孩子的玩物，向往自由自在的生活，崇尚率性而行的生活态度，并希望自己永远活在青春期。

【三哈女】 知性女人的一种——"哈根达斯""哈贝马斯"与"哈利·波特"的拥趸者。"三哈女"有那么一点喜欢"哈根达斯"的奢华想象，细细地品读"哈贝马斯"的逻辑力量，有些"哈利·波特"中所具有的成年人已经消失的想象力。

【鉴黄师】 他们是长期战斗在"扫黄打非"一线的民警，任务是在独立审片室里审查光碟、书籍、图片、视频、黄段子，然后开具鉴定书。他们 30 岁以上，已婚，接受过专业培训，全面了解性知识，作风正派，抗腐蚀能力强。最累时要连看 4 天黄片，最大的心得是"欧美片最露骨，对青少年危害最大；亚洲片隐晦，但过于宣扬性场面；国产片多为古装，常把武则天、潘金莲、西门庆等演绎成性饥渴者"。

【乳模】 基本上，在乳沟时代，一对大胸的竞争力要强过一个大脑的竞争力。有网络传闻称，北京最近出现了一个特殊的职业群体——乳模，从业者有1000余人，她们凭着自己的一对天然丰乳，不仅成了国内外众多内衣厂家、美容医院及丰乳类产品生产企业的广告宠儿，有的还成了一些知名品牌的形象代言人，有的甚至在影片中出任女主角！

【唐博士】“打假专业户”方舟子扒掉了“打工皇帝”唐骏博士的新装。媒体连篇的报道追查出唐骏所毕业的西太平洋大学不过是一所野鸡大学、一座文凭工厂，唐骏此后的表态“你欺骗一个人没问题，如果所有人都被你欺骗到了，就是一种能力，就是成功的标志”更成为了危机公关的反面典型。有网友对“唐博士”的职场印象大变：以前，他是先做人，后做事，偶尔作作秀；现在，他是不做人，少做事，经常作作秀。

【知识混子】知识混子，旧词新热，特指心思没在学术上，所做的工作就是想方设法游说官员采用他们的主张，或替利益集团说话，顺便从中分一杯羹的一群人。“知识混子”每年东拉西扯拼凑些“学术垃圾”来应对职称考核和科研成果考查，然后水到渠成一级级地熬得教授的头衔和待遇，靠着饿不死也富不到哪儿去的薪水和稿费、外聘讲课费过生活。有人将知识分子分成四种：一是知识分子，二是知识贩子，三是知识混子，四是学术骗子。

【公公知识分子】公公知识分子，公共知识分子反义词，孔子命名为“乡愿”——就是一乡之中谁也不得罪的好好先生，唯唯诺诺，左右逢源，是为道义德行的祸害。公共知识分子保持独立人格，敢于对公共事件或政策提出批判性意见。公公知识分子是被阉过的学者，勇气被阉割，骨气被阉割，独立人格被阉割，他们被利益集团所收买，为权势说话，或只谋私利，或怕招惹麻烦选择默不作声，心不正，腰不直，无风骨，无正气。

红段子（详见 P9）

【土围子】 郭德纲建别墅占公用绿地，还暴打上门采访记者，结果落下“缺德纲”的恶名。美国《世界日报》刊文说，北京的相声艺人郭德纲近日成为中国全国媒体的“红人”，媒体给他定性为“缺德艺人”，评论家则给他来了个“缺德纲”的封号。郭德纲事件不是艺人的小问题，而是中国社会转型涌出大大小小新“土围子”（不良势力的顽固堡垒）的问题。如何打掉这些无法无天的“土围子”，是中国的新课题。

【找骂族】 活在这个戾气横生的时代，你是不是每天不骂几句粗口就会不痛快？好了，现在有位“胡公子”在淘宝上专做这笔“挨骂”生意，只要付他 1 块钱，拍下“骂人舒缓压力”商品，你就能随心所欲骂上他 10 分钟，如果想要他对骂，10 分钟 2 元，骂人及侮辱性语言加对骂 10 分钟 5 元。胡公子的生意至今只成交 5 笔。专家讲，除了花钱骂人，其实你还可通过大喊大叫、扭毛巾、打枕头、捶沙发解压。

【闲闲美待子】 在日本和中国台湾地区，有一个用来形容女性族群的专属名词叫“闲闲美待子”，指那些结了婚就不用工作的家庭主妇，老公每天上班去了就可以漂漂亮亮出门逛街的少奶奶。闲闲美待子放到内地，似有一种被包养的贬义。

【两餐半人】 两餐半人：经常省略早餐；上午 10 点便感觉头昏、乏力、疲劳；晚餐很晚；感到饥饿常吃泡面；三餐不规律，常常是饿了才吃。两餐半人多数是工作狂，笃信餐厅是用来私下晤谈的，家是用来加班的，休息日是用来听培训的，就连公司的茶水间也是用来为日后升迁而拍马屁的。他们天天 Party，大量饮酒很少进食，心理上极端满足自己，生理上极其怠慢自己。

【水仙男】水仙男是极度自私、自恋、自负、爱慕虚荣的一类人。他们懂得时尚，了解品牌，对自己非常宠爱，甚至是心里只有自己。如希腊神话里外表俊朗的纳西索斯一样，水仙男有着可以迷倒一切的外观特征。就像聪明的狐狸遇到了狡猾的猎手，女人若是遇到水仙男，恐怕也只有栽的份儿。水仙男有着超级自私、自恋的怪癖，他恨不得你就是他的一块胸前镜，你要想不受诱惑，唯一的办法就只有戒色。

【灵猫六国（CIVETS)】"灵猫六国"由经济学人智库（EIU）提出，指哥伦比亚、印尼、越南、埃及、土耳其和南非等新兴潜力小国，取其国名字母的第一个字母，正好是 CIVETS，即"灵猫"。"灵猫六国"中除了哥伦比亚，其余五国都是"展望五国"及"金钻十一国"的成员。"灵猫六国"概念的提出和热炒，政治上反映了美国等想借以冲抵"金砖四国"的影响；经济上则表明了美国下一步经济扩张的方向。

【足囚协会】足囚协会，指足协"前辈"。反赌扫黑抄了中国足协的老窝，从球员到球队相关人士再到俱乐部高层，众多足坛人士纷纷落马，负责管理中国足球的官员多人落马：谢亚龙、南勇、杨一民、张健强、李冬生、蔚少辉、范广鸣、吕锋及被协查的邵文忠，有网民戏称，他们可以在看守所里召开足协会议了，并创建"足囚协会"一词恶搞落马足协高官。

【技术难民】技术难民是一群只会拿手机打电话发短信、只会用 QQ 不会用 MSN、只会上网不会用支付宝网络购物、只管打字不会下载输入法软件、只用现金不会用信用卡、只会上银行排队不会用网络银行转账、只会天天买盗版碟不会上网下 1080P 电影的人。当然，媒介理论家尼尔·波斯曼也在担心人类是否会被技术绑架，他在《技术垄断：文化向技术投降》中分析技术对人类社会、文化和心理的影响：

在技术垄断文化阶段，技术使信息泛滥成灾，使传统世界观消失得无影无形，技术垄断就是集权主义的技术统治。

【公主病 (Princess Syndrome)】 公主病，盛行于韩国青年男女，突出症候是心理年龄小，自信心爆棚，极端自恋，任性、骄傲、不懂事、常常无理取闹，觉得男人都会讨好她，将自己想象成举世无双、童话般完美的公主，认为全世界的异性都将为自己的旷世风采而迷倒，一心等着风华绝代的白马王子来搭救。遇到困难往往选择逃避抱怨，做错了事总希望别人为自己埋单。

【睡眠骆驼】 睡眠骆驼，主要指城市白领阶层，因为工作强度、生活习惯等问题，夜复一夜地缺乏睡眠，一到周末，便关掉手机，进行连续的深度睡眠。国庆将至，不少网友并未借此假期回家、旅游或聚会，而是睡觉！网友“火山气场”说：“我是一广告公司职员，工作日马不停蹄……近一年来，我每天的睡觉时间基本都在 6 个小时左右。就等着接下来的长假，让自己进入婴儿般的睡眠状态。”

【汉堡人才】 职场“汉堡人才”，指具足够行业经验和本科以上学历，持至少一项职业资格证书或技能证书，却在跳槽中屡战屡败、得不到理想职位和薪水的人。这群白领犹如巨大的汉堡，外表光鲜，实际却没有多少“营养价值”。据有关调查统计显示，跳槽失败者中，有 58% 的人属于“汉堡人才”。

【三女】 据说，做聪明女人要和不要几个“三”。不当三瓶女：年轻时是花瓶，中年时是醋瓶，老年时是药瓶。不做三转女：围着锅台转，围着老公转，围着孩子转。要做三独女：思想独立、能力独立、经济独立。要做三养女：修养，涵养、保养！要做三丽女：美丽、能力、魅力！要做到三个忘记（年龄、病痛、恩怨）、四个拥有（老公、居所、积蓄、老友）、五个要（要唱、要跳、要掉（肉）、要俏、要笑）、五不要（饿了才吃、渴了才喝、困了才睡、累了才休、老了才练）。

【赖班族】 赖班族是指下班后无回家欲望，只想赖在办公室里消磨时光的一群人。他们是空虚寂寞的单身男女、两地分居者、离异者、家庭不和的已婚者，要么打机，要么看肥皂剧，要么修指甲，要么玩宠物，要么煲电话粥，要么玩网恋。有心理咨询师认为，衣着光鲜、薪水不薄的大都市青年因生活压力、工作压力和人情淡漠，很容易陷入一种孤独的情绪中，反而喜欢办公室的群体环境而不愿意一个人孤孤单单窝在家里。

【经济文盲】 经济文盲不会理财，迷信专家，热爱银行，易被政策忽悠，爱花冤枉钱，当然更不懂 GDP、产权、法人、破产、倒闭、兼并是怎么一回事。四川的汤婆婆就是典型的经济文盲。33 年前，汤婆婆往银行里存了 400 元钱，当年这笔钱能买 1 套房子、400 斤猪肉、1818 斤面粉、727 盒中华香烟或 50 瓶茅台酒。今天，汤婆婆取出这笔钱，连本带息 835.82 元，仅够买 420 斤面粉、69 斤猪肉、40 盒中华香烟或 1 瓶茅台酒。

【切客（check in）】 切客，指热衷于即时记录生活轨迹的都市潮人，利用移动互联网终端记录地理位置、身边新闻，借此与他人分享，到相应的地点签到，标明自己现在所在的位置，称之为“check in”。“切客”最初诞生于美国，用户只要拥有智能手机，装配相关的 LBS(Location Based Service，基于地理位置的服务）应用软件，借助手机的定位功能，便可以一边行走一边记录，一边分享自己的游玩攻略、消费体验等。

【芮代表】 11月12日G20峰会奥巴马记者会上，央视主播芮成钢争抢韩国媒体提问机会，并自称“代表亚洲”。而就在2009年的伦敦G20峰会上，他也曾向奥巴马提问，第一个问题声称“代表中国”，另一个则称“代表世界”。有评论者称，“芮代表”背后是狭隘的民族主义思想，在一个讲究政治规则的社会，代表的前提是必须得到他人的授权，在G20峰会上，芮成钢至多只能代表央视，而不能代表中国，更不可能代表韩国和亚洲。

【水客】 海关总署说，“水客”是指受走私团伙雇用，以赚取“带工费”为目的，频繁往来于粤港、粤澳之间，通过旅检等渠道，把涉税货物或国家禁止、限制进出境的物品化整为零，携带、运输进出境的人员。深圳、珠海两地关口约有职业水客8000名，每天出入境2.4万次，每年至少造成几十亿的关税损失。有评论者称，关税降下来那些水客就没有了，水客真的无比高大，为百姓带来福音，还可以养活自己，缓解国家的就业压力。

【状态人(Tweep)】 状态人事实上是“微博控”、“微生物”，他们是Tweep(Twitter+Sheep)人，喜好一天到晚随时随地将自己的状态在微博或QQ个性签名上全程直播，在网上上演一场“生活秀”：晒自己的吃、喝、拉、撒、睡，守着微博看别人的行、想、坐、卧、思……心理专家认为，状态人自晒有正能量和负能量之分。有人是为情绪发泄，有人是为自我激励，有人是为获得他人共鸣与关注。

【底层知识青年】 社会学家于建嵘提出，改革开放30年，由于贫富差距、城乡差距、地区差距，中国社会催生出一群“新知青”——“底层知识青年”：他们主要由一些有一定文化知识和见识，但没被纳入国家体制内，没有稳定工作，生活漂移的年轻人组成。大体上分三类：一类是生在城市，大学毕业后无业在家“啃老”的城市青年；一类是生长在农村，进城念大学，毕业后无业，有的进入城市做“蚁族”；一类是“二代农民工”和“农民工二代”等。

【兽虐团】一段网络疯传的“虐兔视频”让人们注意到“兽虐团”这一地下群体。“兽虐团”通常雇佣“女模特”或“施虐美女”，通过拍摄虐待孤寡老人、留守儿童以及猫、兔子、各类虫子、虾、螃蟹的视频和图片，在网上销售牟利。“兽虐团”自称，他们满足的是一群“喜欢CF(crushfetish)的人，并非被宣传成的那些喜欢暴力鼓吹虐杀的人，而是SM的一种延伸”。心理专家认为，此类人群一是刺激感生理阈值比常人高，二是对社会认知存在血腥、暴力的心理偏差。

【穿青人】穿青人，又称穿青族。1990年全国第四次人口普查时，我国正式确认56个民族，除汉族外有55个少数民族，“穿青族”被列为“其他未识别民族”。2000年第五次人口普查，在全国约73万未识别民族人口中，穿青人数量多达约67万。他们主要分布在贵州省西部的毕节、安顺、六盘水市，以及黔南、黔西南二十多个县内。穿青族是一个尴尬的民族，由于没有对应的民族代码，他们难以办身份证，无法落户，无法买房，无法乘飞机。

【周自宫】上海前有“秋雨含泪”，后有“立波自宫”。当上海人正为大火遇难同胞献花时，周立波在微博上先赞有关部门“快速反应”，后称“政府若将网络民意当真，实是一种‘自宫’行为！”再称“网络就是实际意义上的公共厕所”。“周自宫”与人对骂，称方舟子为“剩斗屎”、叶匡政为“叶无宫”、孔庆东“一身鱼腥味”，“海派清口”变成“海派粗口”，粉丝一夜跑掉20万，最后，周立波不得不关停微博败战。

生活

【凡客体】 凡客跟班尼路有两个共同点，一都是名牌，二衣服品质相近。凡客诚品最近有点红，红不是因为品牌有多响，而是凡客的广告文体正在网上病毒式传播。该文体意在戏谑主流文化，彰显个性形象。有许多山寨凡客体（烦客体）的帖子恶搞小沈阳、凤姐、郭德纲、陈冠希等，极尽调侃，令人捧腹。譬如穿着纪梵希民族衫的郭德纲就被写成：爱相声，爱演戏，爱豪宅，爱得瑟，爱谁谁，尤其爱 15 块一件的老头汗衫，我不喜欢周立波，也没指望他会喜欢上我，我是郭德纲，能成为鸡凡洗的代言，我很欣慰。

【羊羔体】 中国十佳诗人、第五届鲁迅文学奖诗歌奖得主车延高为《大武汉》杂志写了一组诗《让荧屏漂亮的武汉女人》——《徐帆》："徐帆的漂亮是纯女人的漂亮 / 我一直想见她，至今未了心愿……朋友开导：你可以去找徐帆，让她替你擦泪。"《刘亦菲》："我曾去她的博客留过言 / 孩子，回武汉时记得来找我。"《谢芳》："用没有失真的纯洁看我，她说 / 钱是请不动我的，我为艺术而来。"网友戏称车延高的诗为"羊羔体"，"老干部思春体"，车回应批评并未击中要害。

【艰难体】 腾讯 QQ 与奇虎 360"二选一"互掐是中国互联网史上最大的一出惨剧。腾讯写给用户的信中所提"一个非常艰难的决定"迅速取代"我爸是李刚"，成为又一造句金句：诺基亚作了个艰难的决定，如果探测到 10 米范围内有 iPhone，将启动自爆程序，毁灭 10

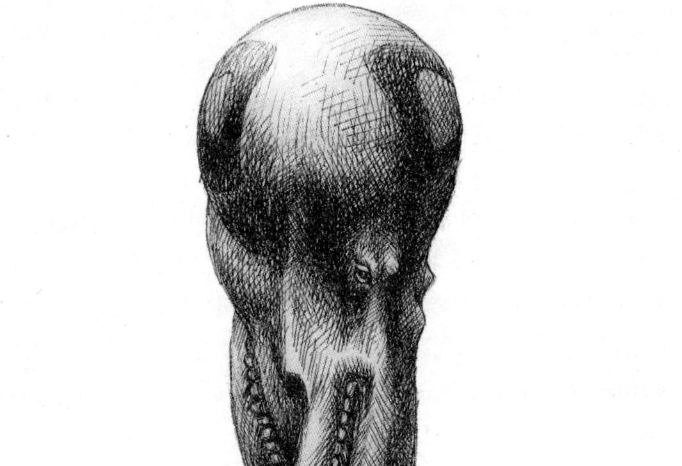

章鱼帝（详见 P40）

米内一切物体；蒙牛作了个艰难的决定，如果监测到用户胃里有伊利牛奶，将自动释放三聚氰胺；杰士邦作了个艰难的决定，如果监测到用户有使用杜蕾斯，将自动释放艾滋病毒。

【后宫体】微博红人“后宫优雅”的“装13”文体，颇有当年“晕机女”遗风。“她”呼袁泉、王菲、侯佩岑“姐姐”，喊李亚鹏“哥哥”，喊陈可辛“叔叔”，喊卡梅隆“老头子”，张杰是“她”的“杰宝”，卡梅隆喊“她”去客串，天上有颗星星以“她”命名……“她”紧跟时事，喜感十足，许多网友戏仿“后宫体”撰写微博，多数人怀疑其系网络推手所为。

【LOLI体】萝莉（LOLI）是萝莉塔（Lolita）的简称，LOLI体代表了一种以公主自称、词藻华丽、符号古怪、内容自恋、甜得腻人的文体。例句如：“要玩亲亲啊～mua～卡卡，偶好坏～O(∩_∩)O～8CJ啊8CJ～”。它是“嗲嗲”蜜糖体、“催情”知音体、“西式”纺纱体、“口水”梨花体、“复古”红楼体的结合体。有网友认为，LOLI体反映出部分90后患有脑残+思想贫血+内心虚弱症。

【回音体】网民以前热衷玩“梨花体”，现在热衷玩“回音体”：“这是回音你懂吗？”“是回音你懂吗？”“音你懂吗？”“你懂吗？”“懂吗？”“吗？”再来一句：“你们单位怎么这么抠！”“们单位怎么这么抠！”“单位怎么这么抠！”“位怎么这么抠！”“怎么这么抠！”“么这么抠！”“这么抠！”“么抠！”“抠！”

【亲密体】淘宝卖家为讨好评，集体向买家发来肉麻电子贺卡——亲：当你收到这张卡片的时候，哥仍在坚强地活着。记得确认收货，施舍一个好评，让我们和谐地结束这2010。爱你，疼你。新年快乐。神奇的网友又自发创作了章鱼哥版、韩寒版、周鸿祎版，以及北京司机版：亲，当你收到这张卡片的时候，我仍在坚强地堵着。记得年底抓紧买车，明年打车打不起了。让我们和谐地结束这 2010，爱你，疼你，新年快乐。

【滚婚】眼下的一流行词儿。裸婚，属于有条件要结，没条件创造条件也要结，没条件创造不了条件还要结，一根儿筋，结定了。还有一种境界叫“滚婚”——离婚的一种彪悍心理：我滚了，你跟别人过去吧；或者，你滚吧，我有别人了。裸婚是硬结，滚婚是愣离。

【滞婚】滞婚，指因某些条件（户口、房子、积蓄）受限，使得原本可以结婚的人无法拿到结婚证。广州城市“集体户口”有规定：“结婚后必须迁出”，这使得广州数万人成为“滞婚”族。这些人大都来自外地，落户在广州各大人才市场。可由于“集体户口”人员结婚要“注销广州户口”，这对既买不起房又没有广州户口的外来工来说，属于“灭顶之灾”。

【被小三】指自己爱上的人爱上了别人，于是自己被动成为对方爱情中的“小三”。《阿凡达》告诉我们：谁胯下的鸟大就听谁的。潘多拉星球上的第一猛将就是这样“被小三”的。《阿凡达》还告诉我们：一个人的成全好过三个人的纠结。每一段圆满爱情的背后，总有一个悲情的“被小三”，他们是《2012》中倒霉的继父、《败犬女王》中的北极熊学长、《浪漫满屋》中的柳民赫、《射雕英雄传》中的华筝公主。

【周末效应】美国纽约罗切斯特大学心理学教授理查德·瑞安研究发现：“周末相对无拘无束的时间绝不是无关紧要的，它提供了与他人联系感情、发展自己的兴趣以及放松的重要机会——人们应该小心，不要让过度的工作剥夺了这些基本心理需求。”从周五晚上到周日下午，无论职业贵贱，人们的心情普遍会更愉快、精力更充沛，身心痛苦也比较少。

【基佬雷达】美国麻省理工学院学生 Carter Jernigan 和 Behram Mistree 通过研究 Facebook 网络数据，发明了一个有趣的软件分析工具——基佬雷达，通过分析某人 Facebook 网络上的好友信息数据，从而判断该人是否为“基佬”。这款分析程序可以分析各种网络用户的私密数据，从而大致判断出此人的社会特征。“基佬雷达”给网络隐私保护拉响了警报。

【A 型城市】人和城市都有 A、B 型。A 型城市好胜但孤独，吸金但易老，淘汰的是朋友，留下的是敌人。美国加州大学心理学教授勒范恩认为，步调最快的 A 型城市，可吸引并制造出更多 A 型人——A 型人和 A 型城市是物欲城市里最大的恶性循环，中国一线城市，已不自觉被新移民贴上 A 型城市的标签。A 型人和 A 型城共同构筑了压力之城。城市越大，朋友越少。

【第九世界】城市有一线城市、二线城市、三线城市，世界有第一世界、第二世界、第三世界。中国一直强调自己属于第三世界，永远和第三世界人民站在一起。而贵州东南部月亮山地区的人们则自称为“第九世界”。他们认为，中国在世界上是第三世界，而贵州在中国又处于第三世界，月亮山地区又为贵州的第三世界，合起来，他们正好处在第九世界。

【无手机焦虑症（nomophobia)】此症英语单词是 no-mobile-phone phobia，指手机联系不畅通时的恐惧心理。英国

YouGov 研究机构受英国邮局委托研究手机用户焦虑症状时发现，英国有近 53% 的手机用户在“手机丢失、手机没电或余额不足、不在服务区”时会感到焦虑不安。一般状况下的“无手机焦虑症”引发的压力水平相当于“婚礼紧张症”和看牙医时的压力水平。有 10% 的受访者表示因为工作原因需要随时保持手机畅通。一半以上的“无手机焦虑症”患者从不关机。

【乡愁综合症】许多怀着奋斗梦的中国青年背起行囊，往光鲜的一线城市里扎堆，他们曾经拥有的优越感、归属感、安全感和幸福感，在蚁族、蜗居、过劳、焦虑中一天天被摧毁，在追逐一份好工作、一套大房子、一辆好轿车的现实中压得喘不过气来。在深夜，他们时常一个人躺在冰冷的小床上，仰望着小窗外城市的霓虹灯，对出生地的二线中小城市或乡村充满怀念。

【恐飞征】受波兰总统专机坠毁等空难事件影响，一些人对乘机出行产生忐忑、紧张、疑虑、恐惧情绪，情形严重者甚至拒绝乘机，心理学家称之为“恐飞综合症”。有数据表明，飞机失事比例在各类交通事故中最低。空难丧生几率是 1:90000，公路事故丧生几率是 1:6200。“恐飞症”与驾车恐惧、空旷恐惧、性交恐惧及宠物恐惧一样，属心理疾病。葛优、李敖、关之琳、阿杜、张国荣、张雨生、关锦鹏、许冠杰均患有不同程度的“恐飞征”。

【格子间昏厥症（Cubicle Coma）】格子间昏厥症：早晨醒来感觉精神百倍，可刚走进工作场所，疲惫感便席卷全身，结果工作一整天你都难以保持清醒。令人惊奇的是，一旦你离开工作环境，便突然觉得自己神采飞扬，甚至能跑个马拉松。例句如：今早我刚在桌子旁边坐下，“格子间昏厥症”就席卷了我，于是我就立即“昏厥”了过去。喝咖啡也没用，但是当我下班回家时，我觉得自己就是个“钢铁侠”。

【零碎假期综合征】 2010年中秋、国庆堪称“史上最零碎假期”，12天假被砍成8段休，有人编出僵尸版、QQ版休假排期表，有人编出口诀：休1上3、休3上6、休7上2、休1。“夹心周”让许多人患上“零碎假期综合征”，他们一边流连中秋小长假，一边规划着国庆长假，无法顺利自如地切换“工作模式”和“休假模式”，出现注意力不集中、效率低下、上班时间做私活等“症状”。

【表情暴力】 在过劳的大城市，你会在公交、地铁、的士、电梯、商店、政府部门、电信公司、格子间里到处遭遇表情暴力，一张张拧巴着的脸，表情严肃，眉头紧锁，木讷茫然。表情暴力的“外伤型”是指外界“坏表情”对感知者自身造成的心理伤害；“内伤型”是指经常被迫在情绪消极时还要维持一种愉悦自然的姿态，临床上称之为“微笑型抑郁症”。

【熄灯计划】 韩国保健福祉家庭部为鼓励员工生育，推出每月熄灯一晚的计划，熄灯时间定在每月第三个星期三19时30分，以“帮助员工将精力投入到生儿育女中”，当晚值班人员例外。上世纪70年代，韩国每名女子平均生育4.5个孩子。至2008年，这一数字已降至1.19，韩国成为世界上出生率最低的国家之一。韩国当局担心，经济萧条可能导致出生率进一步下降，老龄人口激增将扼杀韩国经济“生机”。

【密码综合征】 从小区大门、行李箱、保险箱、信用卡、电话卡、邮箱、网游账号到淘宝旺旺、QQ、MSN、微博，每个现代人每天都在要为如何设计和记忆一组复杂的密码而发愁，由于担心被盗，而表现出紧张、焦虑和恐惧。患有密码综合征的人大多对外界怀有强烈的不信任感和过强的心理防御意识。密码综合征是生活科技化的产物，是人自我强迫记忆所带来的心理障碍。长期强迫自己记忆密码，易造成精神疲惫、神情恍惚，严重的会忘记密码、生活一塌糊涂。

【窜会】“两会”年年开，“逃会”、“跑会”、“窜会”是一景。“逃会”者，以政协委员尤其是歌星、影星、体育明星等“明星委员”居多。“窜会”者，专家学者居多，“窜会”是为拜师访友、同门聚会，并借“两会”之机大开论坛、讲座、座谈、鉴定会、发布会。“跑会”又名“跑部委”，多为省长、市长、局长、县长，多数是为一方水土谋利益，少数是为个人跑官、行贿。

【麦时尚 (McFashion)】“麦当劳”(McDonald)式便宜、快捷、时髦的“大众时尚”和“快时尚”，奉行的经营哲学：“一流的形象、二流的产品、三流的价格”，相关品牌如西班牙的 Zara、MNG，美国的 GAP、NineWest，法国的 Kookai、瑞典的 H&M、英国的 Topshop、日本的优衣库等。多用于描述低价、快速、少量多样的时尚快费品。

【雷时尚 (Fierce)】 朋克教母 Vivienne Westwood 说：“想要出名？那就要穿得震撼。”Fierce 原指人或动物很凶猛。当独特个性和独特时尚相撞，Fierce 就会滋生。被形容为 Fierce 的家伙一定“自我感觉良好，特立独行，坚强而且自信”。对应中文：彪悍。Lady GaGa 是雷时尚的典型代表

【拜拜袖】 又称“蝴蝶袖”、“拜拜肉”、“麒麟臂”，特指女性手臂抬起后，上臂坠下来的像蝴蝶翅膀一样的赘肉，赘肉如果松弛得厉害，

风吹来有可能会像旗帜一样晃荡。评判标准：用手指捏起来，赘肉厚度超过 1-2 厘米。一般通过锻炼肱三头肌和肱二头肌，有助减少“拜拜袖”的出现。

【6.5 小时工作制】“为了缓解中心城区尤其是东西方向交通拥堵”，浙江省宁波市下发红头文件，宣布自 2009 年 12 月 21 日起实行错时上下班，调整后，公务员全天工作时间仅为 6.5 小时，对比两个月前，工作时间缩减了半个小时。公务员上班时间缩水是普遍现象，舆论认为，这是政府部门的“权力自肥”和“隐性福利”。

【石头纸】 石头纸，一种低碳环保的纸张，其原理是将石头主要成分碳酸钙研磨成超细微粒后吹塑成纸，生产过程无“三废”污染，成本比传统纸张低 20%-30%，售价低 10%-20%，可用于制作垃圾袋、书写纸、壁纸、服装袋、盒箱等。石头纸因在“两会”期间被用作会议通知、日程表、便笺纸而大领“低碳”风骚。

【老虎短信(TigerText)】 美国加州某公司研发出一款应用程序，用户下载后，可自设短信自动毁灭时间，收件人无法将短信储存、复制或转发。程序免费，但发信息或删信息需收服务费，月付 1.49 美元，最多可发 250 条短信；月付 2.49 美元，短信无限量。适用于 iPhone、黑莓及 Android 系统智能手机。

【囧书】 书名，没有最囧只有更囧：《怎样打飞机》《怎样打孩子》《如何处理仇人的骨灰》《妻子使用手册》《写得像郭敬明一样好》《挖鼻史》《女巫入门》《三鹿人的成功之路》《怎样鉴别黄色歌曲》《怎样抓特务》《中国不高兴》《中国为什么不高兴》《中国很高兴》

全国哀悼日（详见 P14）

《如何谋杀你的丈夫》《怎样打倒北极熊》。

【就书】 就书，又称傻瓜书，一种迎合“穷忙时代”人们快速、高效阅读需求的快餐书。它要求要让读者读起来省时省力，信息传递简单明了，让读者轻轻松松就能有所收获。在日本畅销书排行榜中，《卷卷就减肥》《闻香就能瘦》《写了就安心》等实用“就书”占据显要位置。《卷卷就减肥》用简明图解，教人们在每天早上和临睡前刷牙时，将橡皮带卷在身上，完成形体改造。《朝日新闻》称此书是一本“牧歌式的减肥书”。

【喊楼】 毕业有离愁，校园疯喊楼。毕业生离校前纷纷在床单、凉席上写下告别词：听娘的话，早点生娃 / 哥们儿你喝够了吗 / 人间还是离恨多 / 姐轻轻地走了，不带走一个爷们儿 / 每一个仰望星空的北航学子，上辈子都是折翼的天使 / 学妹们，哥走了别想哥 / 不管怎样都会受伤，伤了又怎样，至少哥很坚强、哥很坦荡 / 妹子不来，哥不走 / 再见，我勒个去，后会有妻。

【后宫游戏】 后宫游戏，一款利用 QQ 群虚拟清朝后宫生活的角色扮演文字游戏。参与者多为迷恋宫廷戏的“90 后”，他们连续四五日向“皇帝”、“皇后”请安可加分，“侍寝三次者加十分”，创作“宫怨诗”可升级。女孩扮演宫女、秀女，男孩扮演厨师、太监、侍卫、御医。人气旺的皇上可“一人御百女”。

【玩具旅行社】 如果你不能环游世界，那么就让你家那只“泰迪熊”替你实现这个梦想吧。日前，捷克成立世界上第一家玩具旅行社网站 sendyourdarling，专门带人类的毛绒玩具周游列国，然后拍下它们在著名景点前的留影寄给主人。泰迪熊“基本套餐”：90 欧元；“高端套餐”：150 欧元（含枕头、毛毯，芳香按摩，坐飞机头等舱）。开业头月，暂只提供布拉格行程，目前已收到美、日、德等多国订单。

【隐形歧视】有网友认为，中国人一般同情弱者，反对极权，有正义感，但内外有别：对外族人宽容友善；对本国人冷酷凶残；在国外，华人普遍尊重甚至仰视白人，低视甚至歧视黑人。国内也有此情形，即部分人仰视精英，嘲笑穷人；城里人看不起农村人，大城市人看不起小城市人。隐性歧视无处不在：譬如企业招聘歧视乙肝患者、普校生、普相女、河南人。

【攒人品】攒人品，通过给他人提供便利或帮助等行为来减少自己倒霉事件发生的几率，在高校中尤其风行。如遇飞来横财或天上掉馅饼会被戏谑为“人品好”，如遇倒霉事则被解释为“人品问题”。攒人品具有鲜明的目的性，类似于感情投资。方式主要有请人吃饭、为人指路、给人让座、跟人分享“笔经”或“面经”，从而增进感情，以免挂科。

【噩耗接收癖】在这个“残酷”的世界，地震、空难、暴乱、洪灾、雪灾、风暴、凶杀、枪案、情杀……这些充满负面能量的消息扑面而来，噩耗接收癖对灾难和发泄深深着迷，那些渲染场景、编织阴谋、无理取闹、人格侮辱、不愿意再听到再看到的事情每天都在你面前发生。对每天笼罩在阴影与恐惧中的人来说，他们一样极其渴望阳光、雨露、温情和正面能量。

【维特效应】维特效应源自德国著名作家歌德所写的《少年维特之烦恼》，1774 年出版后，很多人效仿主人公维特自杀，“维特效应”因此得名，它指的是一些内心痛苦的人，获知别人自杀身亡消息后，启发自杀念头，效仿自杀者。这里贯穿着一个社会认同原理，内心痛苦的人看到其他内心痛苦的人采取了自杀的形式，他也就认同了这种消除痛苦的手段。有心理学家认为，深圳富士康“十连跳”不排除与“维特效应”有关，这也让人们再次聚焦“新生代打工族”、“农二代”的心理和生存状况。

【玻璃胃】 每个工作奴都有一个“玻璃胃”。在快城市，上班奴的生活压力和生活节奏越来越快，导致人们饮食越来越没有规律，不吃早餐，晚吃晚餐，有一顿没一顿，吃了上顿忘了下顿，这种不定时的生活规律导致胃变得像玻璃一样，越来越脆弱，长此以往，胃动力不足，对肠胃产生慢性损害。胃药几乎成为都市人的必备药。

【世界杯家规】 世界杯来了，一个“邪恶老公”给“足球寡妇”定下11条家规：世界杯期间，房子、床、孩子、家务，一切都是你的，只有一台电视、一张沙发是我的，不要跟我说你想看韩剧、快男，现在只有一个节目叫足球。我看球时，不要在电视前经过，如果你非要经过，请你趴在地上匍匐而过，不要挡我视线。更不要枉费心机穿着性感黑丝袜站在电视旁，或者爬上茶几大跳热舞，我说过，此刻我是信仰足球的唐僧。

【网络遗嘱（Digital Will）】 网络遗嘱，又称“数字遗嘱”，是一种网络保管箱，它可让用户在网上保管遗嘱、财务信息、个人重要信息（如银行账号、保险单号、隐秘心事以及情感记录和照片），并在用户意外死亡后转交给事先设定的联系人。网络遗嘱经营模式最早创始于英国一家遗言俱乐部（lastmessagesclub.co.uk）网站，当用户去世后，网站可发送一封邮件给他指定的联系人，内容包含遗嘱、财务信息等。俱乐部金牌会员需一次性支付250英镑（约合410美元）。

【散装英语】散装英语又称“三明治英语”，是指在以汉语为主的日常交谈和对话中掺入一些英文单词的表达方式。使用者多为外企职员，其专业度表现在和爸妈上菜市场买菜都会对小商贩说“please、thanks”，与老友聊天也会无意蹦出“anyway”、“great”、“report”来。有反感者称：最受不了那些飞机还没停稳就已经拿出手机，以超高分贝嗓门开始谈业务、音量足够泄露公司机密的那些“白领精英”们！

【瑜伽病】瑜伽病，瑜伽练多了会得病。中国瑜伽练习者 90% 以上是女性，目的多是减肥、塑身。很多练习者做动作时过于勉强，以致伤了背部、腰部、颈部，韧带拉伤、软骨撕裂、关节炎症、神经痛等都是常见的“瑜伽病”。有瑜伽师称：瑜伽最基本的体式是将两脚交叉放到两条大腿上的“莲花座式”和将腰后仰双手撑地的“骆驼式”，动作看似柔和，却是毁伤脊柱的运动！它比踢足球、打篮球之类的激烈运动受伤几率要大得多。

【offer 宴】offer 宴，指大学毕业生拿到单位 offer 后向同学、未来同事发出 offer 宴通知。一顿 offer 宴少则几百，多则上千，请客次数少的一回，多的七八回，有人甚至因此负责累累。有毕业生认为，毕业时谋得 offer 能清楚地体现出一个人能力的高低，offer 宴成了求职大牛们最好的新闻发布会。

【南半球魔咒】从 1930-2006 年，在南半球举行的世界杯足球赛，全部是南半球球队（南美球队）获得冠军，这就是所谓的“南半球魔咒”。2010 年南非世界杯，南美球队再次集体“井喷”，一种解释是出于地缘和历史；另一种说法是南美足球不再追求华丽，更注重务实和功利。

【微访（microvisit）】“微访”不是微服私访。微博 140 字，“微访”（microvisit)就是现实版的微博，指路过时停下来跟某人闲聊时间不超过 140 秒的情形。例如：我昨天在回家的路上顺便到杰夫家“微访”了一下。

【红雷梦】 如今的电视剧，没有最雷只有更雷，雷死人不偿命。有网友就将李少红版的新《红楼梦》戏称为《红雷梦》：该片氛围和配乐阴森，仿佛《画皮》；随时飘来的旁白男声读原著，如同广播剧。有偏激观点甚至认为，新版女演员的气质不像红楼像青楼。有网友批评，林妙可演的幼年林黛玉“太作”，惜春的“铜钱头”老气横秋，黛玉很粗鲁，凤姐不够辣。

【天线门】 传说中的神器、全球最薄智能手机 iPhone4 面世不久，首周就创下 200 万部销售纪录，令所有人想不到的是，号称“改变一切”的 iPhone4 存在“天线门”的重大缺陷。有用户发现，当他的手紧握 iPhone4 边缘时，其信号会在数分钟内出现迅速衰减，直至完全找不到网络，无法通话。乔布斯在回复一位用户投诉邮件时劝他“你最好改一种方式来拿手机”。“天线门”让苹果市值一下蒸发 228.5 亿美元，还引起诺基亚、摩托罗拉等竞争对手嘲笑。

【AQ（Adversity Quotient）】 做人要有 3Q：IQ、EQ、AQ。AQ 说的是挫折商，指一个人在面对逆境时的处事能力。AQ 专家保罗·史托兹博士研究发现，一个人 AQ 愈高，愈能以弹性面对逆境，积极乐观，接受困难的挑战，发挥创意找出解决方案，因此能不屈不挠，愈挫愈勇，而终究表现卓越。相反，AQ 低的人则会感到沮丧迷失、处处抱怨、逃避挑战、缺乏创意，所以往往半途而废、自暴自弃，终究一事无成。

【情绪中暑】情绪中暑，又叫夏季情感障碍综合征。当气温超过35℃、日照超过12小时、湿度高于80%时，气象条件对人体下丘脑的情绪调节中枢的影响就明显增强，人容易情绪失控，频繁发生摩擦或争执的现象。

【3D巴士】3D巴士，中国新型立体巴士，时速60-80公里，比一般公交车快近3倍，可同时承载1400人左右，而成本只有地铁的十分之一。它最大的特点是其他高度不超过2米的小型车辆可在它下方行驶。以太阳能为动力，同时具有紧急刹车功能，如果下面的小轿车靠近了巴士行驶的轨道会自动发出报警系统，使得前方车辆能够及时作出反应。虽然这款新型巴士可减少20%-30%路面拥堵，但它高度在4.5米左右，如何通过一些桥梁或地下通道是个问题。目前北京门头沟将成首个运营试点。

【四凤(iPhone4)】苹果“再一次，改变一切”推出的全球最薄智能手机iPhone4在世界逐步上市引发彻夜排队抢购热潮，有中国苹果粉丝给iPhone4起了个中文名：四凤。为了抢到iPhone4，有人提前一周在苹果销售点扎帐篷，有黄牛党倒号，有人体力不支晕倒在队伍之中。有观察者发现，“断货”是苹果联合运营商采用饥饿销售方式故意吊消费者胃口。“四凤”虽好，却一直也没解决“死亡之握”的信号问题，这也让不少购买者心生疑虑。

【苹果皮】苹果皮是一种能将1300元左右iPod Touch变成价值4000多元iPhone的神器。iPod Touch事实上是没有通信模块和摄像头的iPhone，为了能让iPod Touch可以打电话，一对20多岁的河南兄弟发挥山寨精神，在深圳一间仓库里捣鼓出的“苹果皮

520”——一个外接通信模块，通过 iPod Touch 机身底部的 I/O 接口衔接，实现通话和短信功能。苹果皮的缺陷是存在可能的过度辐射，无振动器，目前仅支持 GSM 二频，未有 GPRS、EDGE 上网功能。

【间隔年 (Gap Year)】 间隔年，是指西方国家的青年在升学或毕业之后、工作之前，做一次长期的旅行，让他们在步入社会之前体验与自己生活的社会环境不同的生活方式。期间，学生离开自己国家旅行，通常也适当做一些与自己专业相关的工作或一些非政府组织的志愿者工作，他们相信，这样可以培养国际观念和积极的人生态度，学习生存技能，增进自我了解，从而找到自己真正想要的工作或者找到更好的工作，以一种“间隔”当前社会生活的方式，达到更好地融入当前社会的目的。

【电脑脸】 电脑脸，长期面对电脑而产生的暂时性表情障碍。你总是盯着电脑，与人交流越来越少，就算是要和对面的人说上一句话，也会通过 MSN 和 QQ 敲字，你总是突然大笑，发色枯黄，神情呆滞，或者毫无笑容，对生活缺乏热情，敏感多疑，固执己见或对某事耿耿于怀。电脑脸并非面部神经出了问题，而是社交刺激不足，导致面部表情“不用则退”。

【塞人】 为迎亚运，广州推出公交地铁免费 30 天大礼包，头一天就有半座广州的人去挤地铁，有人感慨：地铁不塞车，塞人啊。有人温馨提示：小心西服进去，三点式出来；姚明进去，潘长江出来；少女进去，少妇出来；水桶腰进去，水蛇腰出来。有人写段子：这年头免费的东西不多了，奥运你错过了，世博你错过了，亚运不要再错过。世界上最遥远的距离不是生与死，而是我在地铁上你却没有挤上来。

微博控（详见 P7）

【上墙】 2010中国互联网大会上，网友发微博后，其信息会显示在大会的腾讯微博屏幕上，称为“上墙”。通过“上墙”，网友可对嘉宾的演讲犀利评论、对现场趣味现象实时捕捉、对大会现场环境直接反馈，更有网友在腾讯微博平台上发布求职、业务合作等信息。现场网友称，不少大佬都在看微博墙，还自己掏手机和iPad出来要“上墙”。“发什么内容无所谓，我只是想‘上墙’”！

【裸辞】 所谓裸辞，就是还没找好下家就辞职。不找后路，意味着离开的决然。因工作压力身心疲惫达到了极限，或长期缺乏工作幸福感，选择裸辞的白领正在增加，裸辞现象越来越普遍，越来越多的职场人开始重视自己内心深处的快乐和追求，而不只局限于薪水、职位等因素。大部分人辞职不干的想法是一种冲动和非理性的心理行为。裸辞很痛快，但需理性对待，否则可能成为一场职业裸奔。

【反式脂肪酸】 反式脂肪酸是植物油在氢化处理过程中产生的。据美国大学医学院研究发现，即使每天摄入体内的反式脂肪酸的量不超过5克，患心脏病的风险也将增加25%。此外，还会增加罹患心血管疾病的危险，干扰必要的脂肪酸的代谢，影响儿童的生长发育及神经系统的健康，增加2型糖尿病的患病风险，并导致妇女不孕。反式脂肪酸来自氢化油（植物奶油、人造奶油），蛋糕和饼干等食品焙烤领域广泛使用的氢化油。

【末日代码（512112227）】 512112227——2008年5月12日，汶川8.0级大地震；2010年1月12日，海地7.3级大地震；2月27日，智利8.8级大地震。网友戏称，该组神秘数字横竖纵向排列都是512、112、227，有着惊人的巧合，是“地球密码”、“2012末日代码”,有人斥其为“无聊的排列组合”。消极派称要及时行乐、买房无用,反思派称“人类把地球搞痛了,它自然会哼两下”。

【全球古怪(Global Weirding)】 为免科学被屡次嘲笑,“全球古怪”(Global Weirding)可能是“全球变暖”(Global Warming)的最好替代词。全球的天气越来越诡异,你说全球变暖了,那为什么英国、波兰和美国东北部遭遇了多年未遇的暴风雪?你说全球变冷了,可为什么城市越来越像一只大熔炉,南北极冰川在一天天融化?好吧,这不是一个正在“变暖”的世界,而是一个越来越“古怪”的世界。

【太阳雪】 一种北方特有的天气现象,形成的主要原因是受冷空气影响形成降雪,同时高层云不足以遮住太阳,于是出现边下雪边出太阳的奇特景象。“太阳雪”为短时、阵性降雪,雪量少、时间短。2010年3月曾出现在安徽、合肥及上海等地。气象专家称,“太阳雪并无特殊的气象意义,过去也曾出现,并非罕见,不能称为异常”。

【幻日(sun dogs)】 前段神州处处闹“UFO”,现在四川省乐山市闹出个三个太阳,有人在7月的一个夜晚,在一栋大楼上空看到昏暗的天空中突然出现3个不明发光体,将天际照得通亮。中科院紫金山天文台的教授判断说,这极有可能是“幻日”。幻日是一种常见的大气光学现象,在天空出现的半透明薄云里面,有许多飘浮在空中的六角形柱状的冰晶体,偶尔它们会整整齐齐地垂直排列在空中,当太阳光射在这一根根六角形冰柱上,就会发生非常规律的折射现象。

【千年极寒】 有传言称，中国2010年将出现“一千年以来最冷的冬天”。“波兰气象学家日前表示，欧洲将迎来一千年以来最冷的冬天。温暖的墨西哥湾流正在变弱，将停止为欧洲提供抵御北极严寒的屏障……”神秘的“波兰科学家”——波兰气象与水务管理研究所的气候学家科瓦尔沃斯基事后“澄清”：“千年极寒”纯属误传！是一场“闹剧”，同时不排除商家借机进行概念炒作的嫌疑。

【超级病菌】 2010年，英国媒体报道：南亚发现新型超级病菌NDM-1，抗药性极强可全球蔓延。超级病菌是一种耐药性细菌，这种超级病菌能在人身上造成脓疮和毒疱，甚至逐渐让人肌肉坏死。更可怕的是，抗生素药物对它不起作用，病人会因为感染而引起可怕的炎症、高烧、痉挛、昏迷直到最后死亡。这种病菌，几乎无药可用。超级病菌的成因系人们滥用抗生素所致。

2011

呸/撼/PM2.5/忐忑/临时工/失足妇女/轻度追尾/理性体/情绪传染/悬浮视察/约谈/扶老恐惧症/群P门/不作为锦旗/我行贿了/剖腹自医/谣盐/20世纪末世界先进水平/摇号限牌/3D肉/尿点/智障包身工/随手拍/我为祖国喝茅台/塑化剂/去××看海/限娱令

老不信

年度词：老不信

温州动车追尾事故诞生了一句话：“不管你信不信，反正我信了。”2011 年实际上却是“老不信”之年。

老百姓成“老不信”，“老不信”成为年度现象：你说什么，我偏不信什么。铁道部不能信，食品安全不能信，郭美美和红十字会不能信，北京空气指数不能信，专家学者不能信，CPI 不能信，老人摔倒不能扶……

“中国人为什么爱说谎”，这是 2010 年《新周刊》封面专题，在今年却每每印证。中国人为什么爱说谎？因为说谎得到奖赏，说真话受到惩罚。

人民网曾发《公信力缘何被削弱》：“除了自己，我们还能相信谁？政府、专家及媒体等公信力受损，导致社会信任度不断降低，在一系列热点事件面前，老百姓成了‘老不信’。”该文还建议：“政府公信力是社会信任的基础，因此重构公信力应首先从政府着手；也离不开老百姓自身素质的提高。”

2011 中国年度字：**控 / 债**（国内字 / 国际字）
伤不起 / 欧债危机（国内词 / 国际词）
（来源：中国国家语言资源监测与研究中心网络媒体语言分中心、商务印书馆、新浪网）

2011 年度汉字：**伤**
（伤不起）
（来源：天涯社区）

2011 海峡两岸年度汉字：**微**
（小人物、微日志、微博）
（来源：台湾《旺报》、《厦门商报》、新浪网）

2011 台湾地区年度代表字：**赞**
（风风雨雨，依然凝聚"赞"这样热情、充满正能量的共识）
（来源：远东集团徐元智先生纪念基金会、《联合报》）

2011 日本年度世态汉字：**绊**
（东日本大地震后的心灵羁绊）
（来源：日本汉字能力鉴定协会）

热词

【PM2.5】 是美国驻华使馆楼上的空气监测仪让人们重新认识了北京空气和 PM2.5。专家指出，我国现在的空气质量评价指标，测的是大气污染物中的“苹果”（PM10）颗粒，而现在造成能见度差、空气质量下降的主要因素是“樱桃”（PM2.5）颗粒。“苹果”量少不易超标，所以空气质量总是“优”或“良”。一旦 PM2.5（入肺颗粒）纳入评价标准，中国八成城市空气质量将不达标。钟南山亦呼吁政府公布 PM2.5 值，治理空气，提高人民生活幸福指数。

【失足妇女】扫黄总结大会上，公安部治安管理局局长刘绍武说：“以前叫卖淫女，现在可以叫失足妇女，特殊人群也需要尊重。”要保护卖淫妇女人身权、健康权、名誉权、隐私权，不得歧视、辱骂、殴打，不得采取游街示众、公开曝光等侮辱人格尊严方式羞辱妇女。“民工”变“农民工”、“棒棒”变“力哥”、“偷菜”变“摘菜”、“穷人”变“待富群体”，同“小姐”变“失足女”一样，简单的字面之变并不能换来尊严，有时甚至是变相歧视。

【智障包身工】 三四年来，在石粉堆里，他们像牛马一样没日没夜地干活，与狗在同一口锅里吃饭，冬夜里盖的是硬纸壳，一逃跑就会遭遇皮鞭毒打，工钱一分钱没领到……他们是新疆托克逊县佳尔思绿色建材化工厂的 10 余名“智障包身工”，他们来自四川省渠县乞丐收养所（四川省渠县残疾人自强队），目前，用工方被警方带走调查，专门组织贩卖智障者的曾令全已被刑拘。

【停暖减排】零下10℃的冬天里，河南省林州市为完成上级下达的节能减排目标任务，决定从1月5日起开始停止集中供暖，停暖面积达20万平方米，并殃及部分医院和学校的供暖。1月8日开始，热力公司开始全额退还市民供暖费。当地宣传部门称，事发前本以为电力厂冷却塔被爆破后，可以依靠替代的供热改造系统保证供热，但实际运行中发现该系统效果与实验效果存在差异，水温达不到理想状态，所以只能临时停止供暖。

【20世纪末世界先进水平】2011年年初，全国气象局长会上发布的中国气象局评估报告认为，我国初步建成结构合理、布局适当、功能齐备的综合气象观测系统、气象预报预测系统、公共气象服务系统和科技支撑保障系统，气象整体实力已经达到20世纪末世界先进水平。一网友感慨：不得不承认，官方特别擅长说一些没有语法错误而又毫无实际意义的话，这让务实派的翻译很头疼。

【春运会】2011年“春运会”1月19日开幕，2月27日闭幕，为期40天。赛事承办：国家交通运输部、铁道部、民航总局；比赛项目：挤火车、轮船、飞机、大巴、高铁，自驾、租车、骑摩托、骑三轮、徒步；参赛选手：28.53亿人（次）。河南籍选手陈伟伟因在浙江金华火车西站被关系户抢走入场券而裸奔至站长室抗议；重庆籍选手李春风耗时6昼夜，独自骑摩托车奔袭2000多公里，从温州回家看儿子……有评论员称：“办好奥运、亚运有啥了不起，办好春运才算你牛逼。”

【雅腐】雅腐，意为腐败官员附庸风雅，或著书立说，或写字绘画，虽不明码标价，但却暗箱操作，接受贿赂、收敛钱财。中国官场腐败现状中，“雅腐”最不易识别。江西省原副省长胡长清题字收润笔费，山东泰安市巨贪胡建学将讲话稿编印成《胡建学文集》与《邓小平文选》配套发行，国家药监局原副局长张敬礼一本书要卖 566 元，湖南省郴州市原市委书记李大伦通过出书“挣” 3000 多万元……

【理性体】《人民日报》一篇署名“任理轩”的评论文章《理性看待当前的社会公正问题》称：社会公正是历史的、相对的、具体的，我国正处于并将长期处于社会主义初级阶段，不能脱离现实发展水平去盲目追求社会公正，目前体制机制不健全引起的社会不公在经济社会转型期难以完全避免。“理性体”迅速取代“助理体”、“解救体”、“将爱体”，成为微博造句“万能体”，油价、房价、食品安全都能往里装。

【皮革奶】中国第五大发明：奶。品种：皮革奶、尿素奶、糊精奶、三聚氰胺奶。一篇《内地“皮革奶粉”死灰复燃长期食用可致癌》报道称，疑有不良商人将皮革废料或动物毛发等物质加以水解成皮革水解蛋白，再将其掺入奶粉中，意图提高奶类的蛋白质含量蒙混过关。农业部奶业办则称，近期农业部门并未发现含有皮革水解蛋白的生鲜乳制品，“皮革奶”死灰复燃报道并不属实。2010 年抽检显示，全国生鲜乳质量安全状况总体良好。

【满城挖】武汉新任市委书记阮成发被人叫成“满城挖”，“十一五，城里挖；十二五，城外挖”，他说：“全市 5000 多个建设工地遍地开花，我们很容易找到理由让一些建设工地不开工。但是，事隔三年、五年或者十年后，当我们回头看，我们不搞大建设，会对不起这座城市，对不起全市市民，对不起我们的子孙后代。拥堵不解决，人们的幸福指数就上不来。建设不会停止，我会顶着骂名继续下去。”

【随手拍】 兔年春节，中国社科院农村问题研究所学者于建嵘在微博发起的“随手拍照解救乞讨儿童”，演变成一场声势浩大的街头公民行动，吸引数十万网民关注和支持，网聚 2000 多张乞儿相片，还得到了各地公安部门的支持，而全面禁止儿童乞讨的“‘两会’提案”准备工作也轰轰烈烈展开。“随手拍”俨然成为一种街头风尚：“随手拍解救流浪小动物”、“随手拍解救大龄男女青年”、“随手拍假冒伪劣商品”……

【忐忑】 旅德歌唱家龚琳娜演唱了一段 3 分 45 秒“哪个喃哪个咚”的神曲《忐忑》，引爆网络，并吸引王菲等诸多明星以及老干部们翻唱。有专家称，神曲《忐忑》以笙、笛、提琴、扬琴等乐器伴奏，用戏曲锣鼓经为唱词，融合老旦、老生、黑头、花旦等多种音色，在极其快速的节奏中变化无穷。龚琳娜是贵阳人，中国音乐学院毕业，曾获 2000 年央视青年歌手电视大奖赛银奖和观众最喜爱的歌手奖，新艺术音乐《忐忑》出自其德国丈夫老锣之手。

【马上就办办公室】 眼尖的网民发现山东济宁有个“马上就办办公室”。官方解释，“马上就办办公室”已在济宁多个部门推行一年，是“效能济宁”的一部分，为的是提高行政效能，增强执行力和公信力，一条龙解决“门难进、脸难看、事难办”问题。有网民质疑这是作秀，还会导致机构臃肿，济宁市官员称，“马上就办办公室”全部由原在职人员组成，不另占编制，“我们不怕别人说作秀，因为我们起到了实际效果。从 2006 年到 2010 年，企业与政府打交道的时间从 98 天下降到 15 天。群众对党委政府的满意度从 94.2% 上升到 95.6%”。

【微提案】 2011 年全国“两会”掀起一股“微博问政”潮，仅在新浪微博，就有 155 名“微代表”、206 名“微委员”提交至少 169 件“微议案”和“微提案”，超20万条微博热议房价、物价、就业等“微愿景”。其中，学者于建嵘和歌手韩红早在春节之际就开始酝酿一份“网络打拐+禁绝童乞”的“微提案”。而全国人大代表、TCL集团董事长李东生的“税制改制”、全国人大代表李丹阳的“微博实名制”议案和建议也引发网民热议。但是，也有部分网民担忧，140字难以承受提案之重。

【核危机】 3月11日13时46分（北京时间），日本本州岛仙台港以东130公里处发生9.0级大地震，地震引发浪高10米海啸，致东日本上万人死亡和失踪，更糟的是，地震致福岛第一核电站4个反应堆分别出现冷却失灵、反应堆堆芯空烧及爆炸。一时难以收拾的核危机不但令日本头疼，也令周边国家对可能扩散的核辐射充满担忧，多国开始重新审视核电发展计划，中国暂停审批新的核电项目。

【谣盐】 日本地震，日本人不慌，中国人先慌了起来。有关“核辐射导致海水污染没盐吃”、“吃碘盐能防核辐射”的谣言，引发中国各地抢购碘盐的一场疯潮，碘盐市价一下翻高10倍，抢不到碘盐的市民转而抢购酱油、海带等食品。而事实上，光青海茶卡盐湖盐储量就达4.4亿吨，够中国人吃70年。这场风波催生出一连串新词：“谣盐”、“盐王爷”、“妖盐惑众”、“核出此盐”、“盐而无信”、“盐荒子孙”、“相顾无盐”。

【暴力慈善】 陈光标，江苏黄埔再生资源利用有限公司老板，手下有4600名员工、500台大型机械设备，干的活是大型厂房拆除与爆破和废品回收利用。人们对他最深的印象是他带着挖掘机去汶川地震现场救人，张开双手站在码着1500万元的“钱墙”前捐款，宣告裸捐，去台湾发钱，去日本救老妪，在云南盈江县与灾民合影……他似乎没

群 P 门（详见 P132）

在专心经营，只顾一心做慈善，他说："当前中国慈善事业的发展，必须要'大暴力'去推动，中国需要我的'暴力慈善'。"

【激情杀人】"一个钢琴青年半夜开车撞倒下班女工，没死。他取下一把三十多厘米的刀连捅八刀，这个过程，女工一直央求别杀了，家里还有两岁半的儿子……他没听，颀长的手指激情弹奏中。女工死了。"（李承鹏）2010年10月20日，西安音乐学院大三学生药家鑫交通肇事后，因担心伤者张妙是"农村人难缠"，连扎八刀杀人，其辩护律师称其是"激情杀人"，中国人民公安大学犯罪心理学教授李玫瑾称"八连捅"是药一种类似弹钢琴的重复性、强迫性动作的评论引发网络热议。

【穿越剧】穿越时间和空间的电视剧，基本剧情是某人因某事，从所在时空（A时空）穿越到另一时空（B时空），代表剧目有《魔幻手机》《穿越时空的爱恋》《寻秦记》《宫》等。4月，国家广电总局电视剧管理司司长李京盛在一次会议上叫停四大名著翻拍，并狠批穿越剧"新奇怪异，召之即来挥之即去，人物天马行空，这样对历史表现过于随意，不足提倡"。

【约谈】约谈是有中国特色的行政管理手段，房产不限购？约谈！日化、家电、酒业涨价？约谈！约谈后，中国民间商会"全国工商联"农业产业、烘焙、水产、医药、纺织服装、美容化妆品、五金机电、房地产、汽车摩托车配件用品、旅游、家具装饰、民办高等教育、书业、石材、厨具、礼品、新能源、冶金、纸业、汽车经销商、科技装备、环境服务、城市基础设施、女企业家24商会联合倡议，承诺"稳物价促和谐"。有评论指出，约谈只是控物价、防通胀的权宜之计。

【我为祖国喝茅台】 4月11日，有网民贴发票网曝：中石化广东分公司总经理鲁广余耗资数百万元购买“拉菲”、茅台名酒供己挥霍。鲁广余随后被停职，中石化随后对内展开“泄密人”调查。有网民将《我为祖国献石油》改编成《我为祖国喝茅台》调侃：石化天价灯高挂／百万酒单添神话／年年报亏损的中石化／钞票大把大把花……接轨国外油价咱涨得快／油价低了咱装瞎／油价快涨有钱花／骂不怕不怕骂／涨不涨价我当家……

【异质思维】 4月底，《人民日报》发表评论《以包容心对待“异质思维”》称：改革深水区和攻坚期，不同利益的调整与博弈带来不同诉求表达与不同价值观碰撞。多元表达难免会有“异质思维”。有人相互对骂、攻讦，动辄扣帽子，搞“诽谤定罪”，甚至以权力意志压制不同声音。毛泽东同志认为“让人讲话，天不会塌下来”，邓小平说“七嘴八舌并不可怕，最可怕的是鸦雀无声”，中央领导反复强调“创造条件让人民批评监督政府”。“因为我们是为人民服务的，所以，我们如果有缺点，就不怕别人批评指出”。

【情绪传染】 4月22日早上，陕西省榆林市榆阳区鱼河中心小学251名学生喝了宝鸡产的蒙牛学生奶后，出现发烧、呕吐、头疼、腹泻等身体不适，救治医生诊断为细菌性食物中毒。几天后，榆林市疾控中心称牛奶未检出致病菌。蒙牛称可能是乳糖不耐。中国乳协称不排除学生间情绪的互相干扰与传染。“情绪传染”一时成网络造句热词，网民造句：“请不要用你的情绪来传染我，因为我会瞬间中石化。”

【撼】 5月，故宫上演一出连续剧：9件展品被盗，北京警方58小时内抓获28岁“故宫大盗”石柏魁，故宫领导给公安局送锦旗：“撼祖国强盛，卫京都泰安。”网民均指“撼”应为“捍”，故宫说“撼”显厚重，没错。又被专家骂“教坏小学生”，故宫辩称是保卫部干的。后来，故宫“内鬼”曝出建福宫已被改成豪华私人会所，故宫否认，“内鬼”续曝入会协议书及宴会图，故宫称系宫廷文化公司所为，为铲除“内鬼”炒掉宫廷文化公司大批雇员。

【私奔体】5月16日深夜，鼎晖创投创始人王功权在微博宣布与江苏中孚投资创始人王琴“私奔”：“各位亲友，各位同事，我放弃一切，和王琴私奔了。感谢大家多年的关怀和帮助，祝大家幸福！没法面对大家的期盼和信任，也没法和大家解释，也不好意思，故不告而别。叩请宽恕！功权鞠躬。”这引发一场“私奔体”网络造句高潮。博友笑其是“公奔”，有人质疑他们是为合伙开新公司炒作。

【剖腹自医】5月8日，53岁的重庆农民、“布查氏综合征”患者吴远碧因凑不齐5万元手术费无钱治病，将丈夫支出门后拿菜刀朝腹部划了3刀，50多斤黄水从10厘米长的口子流到地上，肠子露了出来，她说：“这一刀下去，能放出腹水病好了，自己也就不再拖累家人了。但如果一刀下去要了自己的命，那也好，这样也可以不用再拖累家人。”此事引起领导的重视，批示要不惜代价救治。有评论称，“剖腹自医”划开了农村医保制度的脓包。

【塑化剂】5月底，台湾206家厂商的506项产品受“塑化剂”污染：统一企业、长庚生物科技、白兰氏、悦氏、台糖、台盐、黑松与金车等生产的运动饮料、水果饮料、茶饮料、水果糖浆、儿童钙片、乳酸菌咀嚼片通通卷入其中。塑化剂（DEHP）是毒性强过三聚氰胺20倍的工业软化添加剂，有不法商贩为省成本，将其替代棕榈油添加至起云剂中，累积人体内，会危害男性生殖力，致女童早熟。这是台湾 30 年来最严重的一起食品安全事故。

【紫荆女侠】五六月间，香港冒出一位神秘的“紫荆女侠”，她头戴紫色眼罩、身着黑色低胸紧身夜行衣，常常深夜到香港九龙区的天桥底、笼屋，给贫民派发 100 元左右现金和食物，总捐助额达 6000 港元。这位 30 岁左右的城中名媛，自称受电影《海扁王》影响，系因不满港府贫富不分统一给每个市民发放 6000 港元“抗通胀费”，“我出身不错，由于有宗教信仰，明白行善帮人，施比受更有福”。《3D 肉蒲团》电影制作人萧定一声称要将“紫荆女侠”拍成电影宣扬“善心”。

【悬浮视察】6 月底，四川会理县政府网站在《会理县高标准建设通乡公路》新闻中发表一张图片，县长李宁一、副县长唐晓兵和一白衬衣男子脚底悬空，悬浮视察新建成的通乡公路。此图被细心网友发现后，立即引来不明真相群众围观和各种 PS 戏讽潮，会理县委宣传部工作人员随后致歉，并证实图片系 PS 合成，原因是因为当时照片没拍好，“通乡公路确实是建好了，领导当天也去检查了的”。

【去 ×× 看海】每一场暴雨都是上天派来的城市地下排水系统检查官，今年夏天，武汉、北京、长沙、成都等城市先后在暴雨中升级为“东方威尼斯”，瞬间增加无数“海景房”，并引发“去 ×× 看海”潮，有网民戏谑，“我瞬间明白了汽车要交车船税的秘密”、“以后找男友，基本条件是有房、有车、有船”、“素贞，不要找了，许仙就在这里，他打完这圈麻将就回去”。中国城市，上半身基本上很靓，下半身基本上很烂。

【呸】7月，因为郭美美、中国红十字会，新浪微博诞生“史上最呸微博”，一个多小时6万多次评论、11.5万次转发，其中恶评占99.9%，“呸”字被用数万次！有网民自称“呸红族”，做“呸红族”海报，唱《呸要怎么骂出口》，写“呸红族”广告语、对联——上联：一根黄绸包二奶，投身小三群，不闻四书五经，竟可艳惊南北；下联：十字红会下九泉，转世王八党，摒弃七情六欲，依然不是东西。横批：红颜贺岁，二奶救国。

【干爹】“良心教授”郎咸平在《解码财商》中独家专访郭美美和她妈郭登峰，全程更像是受访和圆场。郭登峰自称1990年靠5万元炒股起家，几个月就赚到几百万元，一举成为中国股市隐藏最深、二十年来唯一幸存的“股神”。郭美美自称，中红博爱董事王军是其“干爹”，她的爱马仕包，一个是她妈的，一个是“干爹”的。央视主持人@张泉灵：郭美美一出现，红十字没人捐了，爱马仕没人背了，现在她又毁掉了“干爹”这个词。

【Hold住】8月9日，台湾戏剧系女大学生Miss lin参加综艺节目《大学生了没》，表演法国回来的时尚人士，化浓烈烟熏妆，讲夹生英语，姿态扭捏妖娆，表演什么叫Fashion，当她把比基尼胸罩反罩在头上变成格格时，众人笑得前仰后合，她的口头禅“整个场面我要hold住”因此爆红，并获封“Hold住姐”。“Hold住”喻意超强掌控力，迅速取代“给力”、“鼓力”成为网络热词。

【故宫十重门】仅3个月，故宫就遭遇“十重门”（被盗门、错字门、会所门、哥窑门、受损门、屏风门、封口门、书札门、古籍门、逃税门）的信任危机，故宫博物院院长郑欣淼坦承故宫管理存在问题与漏洞，并深感自责。有评论认为，“故宫门”背后折射出国人文化焦虑，一个文化守护者，却处处散发着熏天铜臭、次次辱没文化、屡屡颜面尽失，人们不得不怀疑：我们是不是所托非人？

【TVB 体】“TVB 体”是香港 TVB 电视剧的疗伤系经典台词的串烧版。有网民求安慰：“我找不到男朋友，大家可不可以用 TVB 语气安慰我一下。”马上有人回复：“发生这种事，大家都不想的。感情的事呢，是不能强求的。所谓吉人自有天相，做人最要紧的就是开心。饿不饿，我给你煮碗面……”其他经典台词还包括：呐，不要说我没有提醒你。你有没有考虑过我的感受？你知不知道大家都很担心你啊？东西可以乱吃，话可不能乱讲啊。最近发生了这么多事，我想一个人静一静。

【老不信】9 月初，《人民日报》称，老百姓成了“老不信”，原因系政府、专家及媒体等公信力受损，导致当前社会“信任危机”。以往，有人将信任缺失归咎为利益格局的多样化，未免偏颇。很多时候，政府信息的封闭化、公众的信息饥渴以及真相“供给”的缺乏，才是透支人们信任的关键。有论者指出，老百姓成“老不信”未尝不是好事，因为这体现出可贵的怀疑精神与求真精神，是一种现代公民意识的觉醒。

【四大名爹】9 月，李双江 15 岁的儿子李天一无照驾驶宝马车并打人，还大叫“谁敢打 110”。有微博总结：“这是一个拼爹的时代，国产四大名爹——李刚、王军、卢俊卿、李双江，总有一款你拼不起。”有网友写对联调侃：“上联：恨爹不成刚。下联：怨爸不双江。横批：投胎姓李。”投胎虽是一门技术活儿，但在网络时代，“老子是儿子的通行证，儿子是老子的墓志铭”。

【扶老恐惧症】“伤不起啊，买个菜，你得是生化学家；扶个人，你得是医生、护士、律师、摄像师和120司机。”从南京“彭宇案”到天津“许云鹤案”，到底是扶人还是撞人，成了说不清的“罗生门”。寻找旁证和巨额赔付成为“扶老恐惧症”丛生的法理、经济两大纠结。卫生部适时公布《老年人跌倒干预技术指南》，试图从技术角度提供扶老指导，但这并不能彻底解救扶老所面临的道德困境与司法困厄。

【临时工】哪里有危险，哪里就有“临时工”，临时工成了中国“背黑锅”联盟盟主，他们“挣着卖白菜的钱，顶着卖白粉的罪”。城管掌掴菜农，是临时工干的；公务员醉酒驾车，是临时工干的；“中华脊梁”文件，是临时工伪造；女警发飙砸人，是临时工干的；让女大学生给领导陪酒，是临时工干的；违规买保障房的事，是临时工干的……一出点事儿，“临时工”就成了屡试不爽的“壁虎尾巴”，有网友甚至专门总结出用于事后脱罪的“临时工体”：不是……而是“临时工”。

【性奴】李浩，34岁，洛阳市技术监督局执法大队干部，已婚，与其妻子育有一子。他在长达两年的时间里，分别从洛阳市不同夜总会、KTV诱骗六女子到洛阳市西工区凯旋路附近一小区地下室，将其绑架，并带到事先挖好的地窖里，长期囚禁多次性侵。警方称，李浩系因两年前从网上看到淫秽视频表演能赚钱起意，其间强迫女子进行网络色情表演并带出卖淫，牟取钱财。其中两女因不配合而被杀害和折磨致死，埋尸地窖。

【限娱令】国家广电总局发布“限娱令”（《关于进一步加强电视上星综合频道节目管理的意见》），规定从2012年1月1日起，婚恋、涉案、放大社会阴暗面七类节目被限；各卫视晚7:30-10:00黄金档，

轻度追尾（详见 P105）

每周娱乐节目不超两档；省级卫视须设一档道德建设节目，倡和谐、健康、主旋律，如文化艺术鉴赏、历史地理天文、公益类；全国省级卫视一年选秀类节目不超10档，类型不得重复。广电总局称，限的只是“过度娱乐化”、“低俗化”和“雷同化”。

【轻度追尾】9月27日14时37分，因调度员操作失误，上海地铁10号线两列列车在豫园站至老西门站下行区间百米标176处发生追尾事故，造成295人不同程度受伤，所幸无人员死亡，事后，12名事故责任人员受到行政撤职、调岗等处理。CCTV新闻频道最早在《新闻直播间》报道时称“地铁十号线列车发生轻度追尾”，“轻度追尾”一词备受网民戏谑嘲讽，轻度转发、轻度无聊、轻度低落、轻度不安、轻度衰老、轻度疯狂等各种“轻度体”一时风行。

社会

【索命书记】 新华社《瞭望东方周刊》王记者去辽宁省建昌县采访一信访案件，在当地政法委办公室拍下工作人员打牌现场，王记者被怀疑是假记者，相机被醉酒的建昌县政法委副书记钟继祥拿走。王记者遂跑去派出所报案，并上媒体 Q 群讲述遭遇，南方一记者获知后不平，打电话与钟继祥“对骂”。“你要过来，小心你的命！”语出于此，钟书记遂得名“索命书记”，钟事后解释原话应是“你小命完了”，是句气话。

【萝卜招聘】 一个萝卜一个坑，1:1 量身招聘。浙江上虞招商局要招一人：浙江户籍、2010 年 8 月 1 日前在国外取得硕士以上学历和学位、专业英语八级、30 周岁以下（1980 年 10 月 1 日后出生）。录用者：王溯，父母均系上虞高官。福建屏南财政局收费票据管理所要招一人：应届本科、国外学士、国际会计专业、屏南户籍、女、25 岁以下。达标者系一副市长之女。江苏省句容市政府接待中心要招一接待员，达标者系一副市长侄女……以上种种，不过是既得利益者分肉的一点小手腕。

【鼠族（mouse tribe）】“宁要城市一张床，不要农村一间房”。在北京，继“北漂”族、“蚁族”之后，又涌现出一群地下“鼠族”，北京房管部门在对地下人防工程进行安全检查时发现，1374 个地下民用防空洞居住约有 100 万人“鼠族”，他们多数是高中或中专学历、收入微薄的打工者，5 年内，他们将被清理到地面。每一个“鼠族”、“蚁族”、“蛋屋”、“蜗居”、“胶囊公寓”的栖身者都怀揣着一个成功梦，但严酷的社会现实常常将他们一点点揉碎。

【建嵘体】有一天，中国社科院农村发展研究所教授于建嵘写了一条“谈心微博”：“有一个任省级官员的同学，一次与我谈心里话说：兄弟，你总批评我们这些当官的拼命往上冲。这是因为你没有当过官，不知道当官的感觉。那种感觉真的很让人受用，就是不贪污受贿，那种前呼后拥、指点江山、有什么事给个眼色就有人办等等官威，也让人感到此生没有白过。而官越大，这种感觉就会越明显。”不料网友爆炸式地戏仿，一时掀起“建嵘体”造句风潮。

【佛山大炮】2005 年仲夏夜，广东梅州的一个偏僻小镇上，一位大叔带着广西青年林某走进发廊，那一年，林某 17 岁。此后 5 年，被唤醒“性瘾”的林某嫖娼 300 次，他每次都会拍下照片写下心得，通过公司电子阅览室的电脑，发表在网民“佛山大炮”的“吃喝嫖赌”博客上，图 171 张，博文 70 篇。2010 年 11 月 4 日，网友“佛山大炮 Fans”《弓虽！网上惊现佛山最牛嫖娼日记》的一次转帖引起警方注意，在电子阅览室电脑前，林某因涉嫌传播淫秽物品罪被捕。

【天价工资】网友“民不潦生”曝光“史上最牛公务员工资”——深圳市住宅租赁管理服务中心工资表，其员工年薪最高达 68 万元，最低 25 万元，远高于深圳同级公务员和其他事业单位收入，这还不包括其他发放的实物及现金等。负责公益性保障住房建设的住管中心回应：中心员工工资 2010 年才被纳入财政部门预算，被“晒”的工资表仅是内部讨论草案，已被中心领导否决，新的工资方案仍在调研中。但社会收入差距可见一斑。

【丝带收费】丝带收费是“四代首飞”的成都话版，意指中国第四代隐形战机歼 -20 在成都首飞成功。歼 -20 于 2011 年 1 月 11 日 12 时 50 分在成都飞机制造厂起飞，13 时 05 分降落。歼 -20 与美国 F22、俄罗斯 T50 同为第四代（俄标准为第五代）重型隐形战斗机，军事专家称，歼 -20 试飞成功标志着中国成为继美国之后又一个拥有可以避开敌方雷达探测并渗透到敌方阵地的隐形战斗机的国家。歼 -20 有望在 5 年之后进行实战部署。

【头衔膨胀】头衔通胀（Title Inflation），又称职称浮夸。我们生活在一个职衔膨胀无法抑制的时代，你遇到的每一个人似乎都可能是首席执行官、总裁、总经理、总监。报童是“媒体配送官”，垃圾回收工是“回收官”，厕所清洁工是“卫生顾问”，地铁口三明治大叔的翻领上都印着“三明治艺术家”。老板没法在经济衰退时拿钱给员工涨工资、发奖金，或方便业务拓展，就许下一些华丽的职衔，使其获得某种便利与满足。

【富】@ 钱宏 TOUCH 造字：音藩，意为官阶，官本位，升官发财，官占田地为富，引申义为与民争利的中国特色的城市市长型市场经济，具体含义为 GDP 增长率政绩主导的“土地财政”等。有网友评：“官占田，则官富，这与古代官家专营盐、铁，同出一辙。中国的汉字博大精深，一看就知官者富也，直击当前腐败。官坐在田上，一个土地的父母官啊！”

【天价过路费】2008 年至 2009 年 8 个月时间里，河南禹州市农民时建锋买了两辆上假军牌的大货车疯狂拉沙，免费通行高速公路 2361 次，偷逃过路费 368 万余元，挣了 20 多万元。今年 1 月，河南省平顶山市中级法院一审以诈骗罪判处时建锋无期徒刑，并处罚金 200 万元。接着，时建锋翻供，弟弟时军锋自首，主审法官因执法不公被撤职，案件重审。有网友问："这是一条神马样的公路? 一天需缴纳过路费 15333 元。这是一个神马样的农民? 一天奔跑 34074 公里。这是一辆神马样的货车? 每小时奔驰 1419 公里。世界上最快的交通工具是什么? 河南拉沙车!"

【犀牛屁股】"根据国际油价变化情况，当前成品油价格已到了上调窗口期，根据国家有关部委的要求，为给成品油价格上调营造良好的舆论环境，决定于 2011 年 2 月 1-11 日，组织网络宣传员围绕成品油价格调整开展优秀网络博文评比活动。"中石化发通知统一口径、为油价上涨"找托"一事被曝光，引发热议。有报道发现，中石化"网络水军"至少有 125 人，工作平台是一个名为"犀牛屁股"(Sinopec)的内部 QQ 群。

【裙带资本主义】 裙带资本主义(Crony capitalism)，又称权贵资本主义，最初指某人因自己妻子或其他女性亲属的关系而获得官职；后又泛指因血亲、姻亲和密友关系而获得政治、经济上的利益，以及政治领导人对效忠者、追随者给予特别的庇护、提拔和奖赏。其中，《财经》杂志揭露的"公共情妇"李薇是为一例，40 多岁的李薇与杜世成、陈同海等十几位省部级巨贪有染，通过"商界和政界不道德的结合"，拥有资产达数百亿元。

【带香】"中国之声"报道称，安徽省太和县宫集镇宫小村，风行"带香"(操练童丐)，香主(雇主)骗残疾儿童父母说是去卖香，实则像猪狗一样将其关在笼子里训 15-30 天，用刀将其手脚、身体、脸部割伤，泼硫酸毁容。在当地，“带香”成为致富之路，还有不少村干部参与其中。《人民日报》报道澄清，宫大村（2008 年由宫小村、宫油坊村、宫老楼合并）曾经有过“带香”传统，现在基本绝迹，泼硫酸残害儿童亦非事实。

【狼市】股市通常有“牛市”和“熊市”之分，前者代表股市飘红，股民挣钱；后者则完全相反。不过，美国 BGC Financial 投资公司首席全球策略师普尔夫斯却用“狼市”来形容美国股市近期曲折迂回的走势，“跟牛和熊相比而言，狼的体形更小，但动作迅速，决断果敢”。狼市特点是窄幅震荡、波动增加、股票相关性高、反转快，锯齿状的指数震荡提高了投资者依据基本面选股的难度。他认为，2011 年狼市仍将延续。

【刷卡村】为防盗贼，浙江玉环县岙底村利用三面环山的地理优势，筹集资金 50 余万元，在唯一的进村通道“簸箕口”筑起一条 300 多米长的城墙，实行封闭式管理。城门是铆着铜钉的大黑铁门，有专人值班看守，门上装有磁卡门锁，村里每户人家发放两张电子门禁卡，进出均需刷卡，外人入村，需先打电话让村里人确认方可进入。城门每天 6 时开、22 时关，封村一个多月，村里未发生盗窃案，有村民想借机发展“农家乐”。

【图纸房】图纸房，也称“空气房”，地产商拍下一块地，印出简单户型图，吸引大批购房者，收到预售款后再开工建设。这种“图纸房”一旦遇上开发商资金链断裂甚至“跑路”，购房者房款将很难追回。据《新京报》报道，石家庄舜地房地产公司以年回报率 30% 以上为饵，吸引 2000 余户约 10 亿元合作投资开发房地产，但其两个宣传项目还停留在图纸上，因涉嫌违规，几无实现可能。当地街道干部担心，一旦该公司资金链断裂，许多居民将损失惨重。

【道德贫血】“道德贫血”是当前值得反思的社会问题。2011年“两会”前，温家宝总理第三次上网与网民交流，在讲到房价上涨问题时，他特意提到：“我想对房地产商说句话，你们的身上也应该流着道德的血液！”事实上，除了房地产商、奶粉商、食品加工商、玩具制造商、药品制造商、猪肉销售商、饮料生产商，老师、医生、公务员身上也都应该流着道德的血液。

【下班死】2月底，汕头市中医院内三科“冷血女医生”李某发了3条微博，其中写道：“测试人品的时刻到了，有个病人的血氧在往下跌，半夜极有可能要起床收尸……这大冷天的，我暖个被窝也不容易，您就等我下班再死，好不？”引发一场医德、医风大讨论。事后，李医生被停止处方权，被调洗衣房。广东省卫生厅副厅长廖新波认为，“冷血微博”对医疗队伍造成负面影响，“归根结底是个人世界观、价值观的问题”。

【一滴香】食品安全问题令消费成为惊弓之鸟。有媒体报道称，“一滴香”在火锅店、麻辣烫、煲汤店广泛使用，滴入“一滴香”，清水就能变成高汤，人若长期食用“一滴香”将危害肝脏。3月，卫生部为其“正名”：经质检总局、国家药监局等多部门调查发现，“一滴香”、“火锅飘香剂”等产品属咸味食品香精，如按照标准使用对人体是无害的。

【恶意欠薪罪】3月，十一届全国人大常委会第十九次会议通过

我为祖国喝茅台（详见 P98）

《刑法修正案（八）》，将“恶意欠薪”正式列罪：“以转移财产、逃匿等方法逃避支付劳动者的劳动报酬或者有能力支付而不支付劳动者的劳动报酬，数额较大，经政府有关部门责令支付仍不支付的，处三年以下有期徒刑或者拘役，并处或者单处罚金；造成严重后果的，处三年以上七年以下有期徒刑，并处罚金。”“恶意欠薪罪”写入《刑法》顺应民意，体现了对弱势劳动者的保护。

【团购新娘】 浙江省余姚市冒出一家“越南新娘相亲团”，称“只需交 3 万多元，就能抱回一个年轻漂亮的越南新娘。越南姑娘 18-25 岁，清纯、漂亮；男方只要是单身，有稳定收入（月收入在 2000 元人民币以上），有住房，身体健康，疼爱老婆就行了”，引发网上许多被逼婚“大龄男青年”集体围观。

【打黑指标】 3 月，东莞市厚街镇开“打黑除恶”动员会，厚街公安分局局长陈福华表示：“黑恶势力的触角向镇里民生的各个领域渗透，从建筑、客运、物流、娱乐、餐饮、夜摊等行业，到生猪、肉类、海产品、豆腐、蔬菜、酒类批发等市场，都成为黑恶团伙觊觎的对象。”他下了“打黑指标”，要求各派出所每个月要上报 1-2 条涉黑涉恶犯罪线索，今年内要打掉 1-2 个涉黑恶势力犯罪团伙，并通过打团伙，带破敲诈勒索、强逼交易等六类案件。

【南京梧桐】 “它不是一棵梧桐树，它是一个南京人。”3 月，南京市为建地铁三号线、十号线，需移植沿线 1100 棵大树，其中地铁三号线有 200 棵为法国梧桐（悬铃木），部分梧桐树龄达到 60 年，是南京的城市标志和南京人的最美记忆。为保梧桐树不因移植成活率低而死，黄健翔、孟非、陆川等一批社会知名人士关注“拯救南京梧桐树”，不少市民还给梧桐树系上绿丝带。南京市政府听取民意，全面停止移树。

【跪考】 3月13日，浙江温州公务员考试平阳县考场，考试结束后，一位女考生因还剩最后5道题没涂完机读卡，跪求监考老师多给她1分钟，她跪着填完试卷考官拒收，她便再次下跪并以跳楼要挟。考务组将此事上报，最终可能按违规来处理，该考生的行政测试科目成绩或将作废。有人认为，“跪考”背后是大学生抢公务员铁饭碗热。有人认为，这是基于现行社会固定结构造成的结局，不宜过度责备大学生，他们只是做出收益最大化的选择。

【健美猪】 3月15日，CCTV《“健美猪”真相》报道披露，河南省孟州市、沁阳市、温县和获嘉县加喂瘦肉精后的“健美猪”一路绿灯销往南京各大农贸市场、河南济源双汇公司，层层监管形同虚设。一位猪贩还称：“我给你说往双汇拉猪，双汇名义上不要‘加精’的猪，可是他专要‘加精’的猪。”与普通猪肉相比，健美猪没什么肥肉，因此尤其受市场欢迎。事后，双汇致歉，农业部派出督察组赴河南严查瘦肉精。

【锯末胶囊】 锯末胶囊是这样一种“万能胶囊”，塑料、糯米做壳，锯末、粗糠、面粉填料，铝箔纸封塑，药盒分装。半年内，湖北荆州6个制假窝点疯狂炮制出上亿粒锯末胶囊，冒充201种药品，通过网购销往全国28省份100多市。案件涉及药品多、辐射地域广、涉案金额大，系湖北假药“第一大案”。在这个疯狂造假贩假、道德贫血的时代，最应修复的不是身体，而是人心。

【忧民哥】2011全国“两会”广东团全团审议，全国人大代表贺优琳发言时提建议，他希望中央政府加大对基础教育的投入，“一些欠发达地区甚至负债办教育，根本无法去顾及其他的民生”。其次，各级政府在涉及民生方面时少用“让”字，比如“让老百姓生活更好”等，“一个‘让’字，好像是恩赐”，人民理应享受更多的实惠。“我真不知道那些一两千块钱收入的老百姓是怎么熬过来的。”贺优琳数度哽咽，获得多次掌声。网友取贺优琳名字的谐音，力挺其为“忧民哥”。

【北大会商】5月，北大将在全校推广实施“学业会商”。去年11月起，北京大学便在医学部、元培学院开始试点学生“学业会商”制，会商重点：学业困难、思想偏激、心理脆弱、经济贫困、学籍异动、生活独立、网络成瘾、就业困难、罹患重大疾病、受到违纪处分十类学生。思想偏激者的表现之一是经常夸大学校工作的细微漏洞，“比如动不动因为食堂饭菜涨两毛钱就批评学校”。愚人节那天，李敖开玩笑说儿子李戡因“上网成性”进入北大“会商名单”。

【福岛50死士】日本“3·11”大地震引发海啸，令福岛核电站陷入核危机，核电运营商东京电力公司50名50岁以上的员工怀着必死信念留守，之后，更多人加入其中，180人，300人……他们冒着高强核辐射，每隔10-15分钟，50人一组轮流替过热的反应炉灌注海水、检修电路、清理爆炸和起火后的残骸，每天只能吃两顿——压缩饼干、蔬菜汁、即食饭、罐头鱼，不能洗澡更衣，睡觉只能穿着防护服躺在冰冷的地板上。“福岛50死士”成为日本精神的新代名词。

【退赔清单】张翕飞，42岁，副科级单身汉，江苏省盐城市经信委行业处副处长，掌管盐城机械、纺织、化工、电子、建材等行业产业政策的贯彻与落实，从2010年10月起到今年3月，他在盐城经贸信息网发表《一个公务员的廉洁从政宣言》，先后晒出6笔企业送来的好处费，通过邮局汇款“高调退赔”9000元。有人说他“沽名钓誉”，他说：“我就是想让老百姓知道，干部队伍里还是有人是不收礼、不贪财的。”

【恶公司】在中国，不作恶已成一条商业底线，但是仍然有许多公司在尝试突破底线：三鹿大卖三聚氰胺奶粉、济源双汇大卖健美猪肉……有的公司利用垄断地位随意涨价，有的公司则通过行贿抢到工程后大发黑心财，有的公司不是通过创新和突破自我而是专靠砸别人场子赢利。孔子做人与做事的底线“不义而富且贵，于我如浮云”反倒像是一句笑谈。历史告诉我们，恶公司迟早有天会翻船，好公司才能开成百年老店。

【治安高危人员】第26届世界大学生夏季运动会要开，深圳警方进行“治安高危人员排查清理百日行动”，50万“红袖章”上街巡逻，8万“治安高危人员”闻风而逃。“治安高危人员”指：有刑犯前科、具现实威胁者，涉嫌吸贩毒、销赃者，操纵童乞、扒手者，有报复社会极端言行、危及公共安全者，肇祸精神病人，持假证住店及租房者，其他危险分子。网民拍砖：深圳城市管理体现出的是一种“各人自扫门前雪，哪管他人瓦上霜”的驼鸟心态。

【汪九刀】“药八刀”之后，来了个“汪九刀”。小汪，23岁，旅日留学5年，学费+生活花销150余万元人民币（父亲在美，母亲月薪

7000 元，靠借贷供子）。4 月 1 日晚，上海浦东机场，子归母接，儿子问：“为什么钱寄得晚？”母亲：“没钱了，要钱只有命一条。”汪翻托运行李，拔尖刀刺母 9 刀，胃、肝俱裂，母望子背影越行越远，幸被在场一名老外所救。汪母躺在病床上，表示：“他是我儿子，我不想他被判刑。”

【道德滑坡】4 月 14 日，温家宝在会见国务院参事、中央文史研究馆馆员时说：近年来相继发生的毒奶粉、瘦肉精、地沟油、染色馒头、回炉面包、牛肉膏、毒豆芽等一系列食品安全事件，足以表明，诚信的缺失、道德的滑坡已经到了何等严重的地步。一个国家，如果没有国民素质的提高和道德的力量，绝不可能成为一个真正强大的国家、一个受人尊敬的国家。有评论指出，当法律在裸奔的时候，你怎么能期望道德会穿上裤子？

【红食字会】4 月 15 日，博友肖雪慧转发微博，贴出了一张付款单位为“上海市卢湾区红十字会”的餐饮发票，发票显示：2011 年 2 月 28 日，该红十字会一顿饭吃掉 9859 元。事后，上海红十字会通报：“卢湾区红十字会高额餐饮费”资金开支渠道为工作业务经费，非救灾救助款。此事件迅速撼动人们对慈善事业原本脆弱的信任，有人将“红十字会”戏称为“红食字会”，“一顿饭吃掉了公众的爱心和信任”。

【史上最牛工资单】4 月初，有网民贴出“沧州市联社 2011 年 1 月工资发放表”“2010 年表外工资”“2010 年年休假工资”等表格，表中显示：河北省沧州市农村信用合作社联合社员工一年最高收入达 37 万元，15 天年假工资多达 6 万元。垄断下的蛋——“史上最牛工资单”曝光后，河北省农信联社称沧州方面存在违规超标问题，清退了部分薪酬，并对相关责任人给予记过或免职处分。

【菜贱伤农 / 菜贵伤民】一边是全国多地菜农因菜贱宁愿青菜烂在地里不想收拾，一边是城市居民因为菜贵吃不起青菜，山东菜农韩进甚至因为负债累累选择了上吊自杀。有人说这是因为钱都让中间的几道菜贩子赚走了，有人说是过路费太高了，有人说是菜农没有提前摸清市场需求盲目种菜……商务部紧急干预，撮合各地企业与菜农对接采购，以解燃眉之急。有人建议，问题的最终解决之道是导入台湾农会的公司化运作模式。

【逆向车改】近年来，安徽省电力公司以“车改”之名为全系统约300名副处级以上干部配备公务自驾车，标准逐年提高，从最初的奇瑞汽车升级至价值20万元的一汽迈腾和帕萨特领驭。一切车辆手续及费用由公司负责，拿到车钥匙后，车就归干部自驾！领导干部说这是为公车改革、减少配备驾驶员和降低成本考虑，普通职工说这是以权谋私、变相侵占国有资产，与国家治理“三公消费”的要求背道而驰。

【危险驾驶罪】5月1日起，《刑法修正案（八）》和《全国人民代表大会常务委员会关于修改〈中华人民共和国道路交通安全法〉的决定》正式生效，加大了对酒后驾驶等违法行为的处罚力度。其中，醉酒驾驶、情节恶劣的追逐竞驶等行为构成危险驾驶罪，将受法律严惩，并追究刑责，造成严重后果留有案底者，用人单位可解除劳动合同，公务员将被开除，并很可能在出国旅游时被拒签。

【背书帝】央视记者前往河北武安调查小钢厂背后的钢铁产能问题，发改局的马科长一问三不知，以“大智若愚”的背书来回应。记者：目前为止我们钢铁产能情况怎么样？马科长：钢铁我们的历史发展比较长，产业工人比较丰富。记者：钢铁产能情况怎么样？马科长：我们实施精钢战略是想在调整布局的过程中，提高装备水平，做好节能减排，搞好循环经济发展。记者：钢铁产能情况怎么样？马科长：别讲了，别讲了……

【西北风书记】山东省高密市柏城镇堤东村 18 户村民的 100 余亩土地，在 2006 年 6 月收完麦子后，被村委会征用搞“新农村建设”。村民以为能住上新房子，两年后，村民不但没住上新房子，还发现地上盖起了商品房。失去土地生存困难的村民找到村支记宫厚财说理：“又不调地，又不补偿，什么也不给，你这样叫我们喝西北风，你当书记的，你忍心？”宫回应：“我当书记的，就是希望你们喝西北风。”宫随后被免职。

【成玉体】中石化为挽回“天价酒”事件形象，举例说明自己的勤俭之风：“备餐时，食堂灯不全开，够用就行”；“大葱葱白和葱叶分开使用，萝卜也会分部位进行红烧或凉拌”；“加油站办公场所要求人走灯灭”……与此同时，中石化董事长傅成玉在一次讲话中称：“适当调油价，以解民营油企之困。”此表述随后引发一场“适当提高 ×× 价，以解 ×× 之困”网络造句大热。潘石屹版：“适当调高房价，以解民营开发商之困。”

【3D 肉】香港《3D 肉蒲团之极乐宝鉴》上映，引发内地观众组团观影潮。截至目前，“3D 肉”已成 2011 年在港上映的华语片票房冠军，

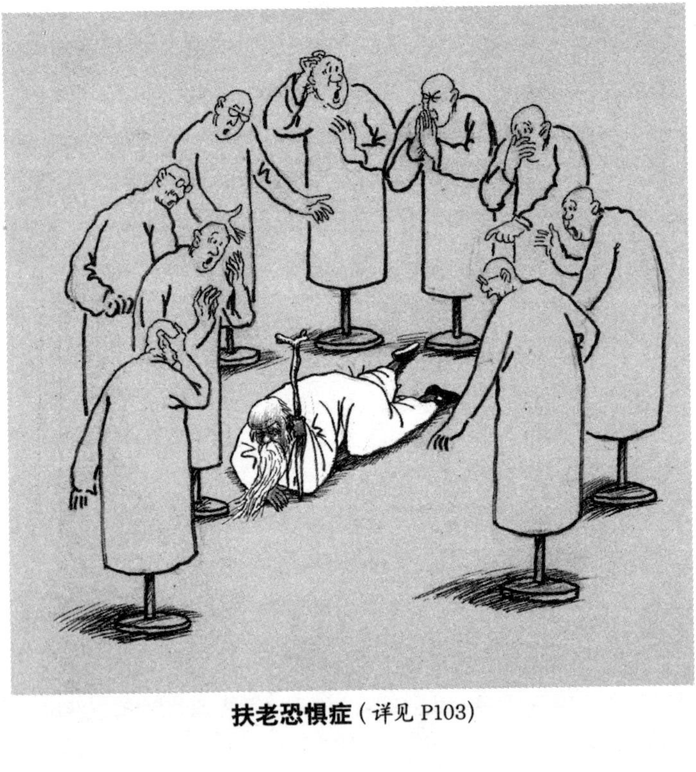

扶老恐惧症（详见 P103）

成为香港三级片票房史上的第二名，有望挑战由梁朝伟和汤唯合演、以4900万港币高踞同类片票房第一的《色，戒》。其中近半票房来自内地观众。据说，电影公司食髓知味，甚至计划与旅行社合作，在香港包起戏院长期独家上映“3D肉”片，将戏院变景点，几可媲美海洋公园。

【药家鑫第二】 2010年12月底，重庆市忠县的货车司机田厚波开车从忠县马灌镇返回金鸡镇，其货车撞上了当地一个女乞丐，田厚波选择驾车逃逸，但事发后1小时，他又返回事故现场，残忍地用左后车轮将她轧死。2011年4月12日，忠县警方经过调查，对田厚波进行了抓捕。案件曝光后，引来网民极大愤怒，人们将冷血的田厚波称作“药家鑫第二”。

【一房一价】 为使房价调控不“空调”，国家发改委发布《商品房销售明码标价规定》，规定从5月1日起，商品房销售，开发商必须“明码标价”，在售楼处张贴每套房产的价格等相关信息，包括基准价、浮动幅度、综合差价（楼层、朝向、环境等）、销售单价、总价等具体情况，公示后不得擅自上调。且新房销售价格未经物价部门核准不得销售。5月，上海、山东、武汉、广州等省市推行“一房一价”，但执行均有不同程度缩水，实效堪忧。

【跳红舞】 为庆祝中国共产党建党90周年，全国各地掀起红色高潮：唱红歌、跳红舞、诵红诗、观红剧、看红书……浙江省平湖市党员干部带头准备，文艺骨干精心排练，农民群众积极参与，各地掀起了阵阵“红风”。“红色文化印刻着党的历史痕迹。通过唱红歌、跳红舞、看红书等一系列活动，帮助广大党员群众回顾历史，铭记共产党人的信仰与理念，激励全市基层党组织和广大党员干部履行职责，积极创先争优。”（平湖市委常委、组织部部长曹国良）。

【暴力裁员】5月，被盛大收购的酷6网突然裁撤20%员工，酷6官方声称此举是“精简运作、管理成本、提高效率战略的一部分”，被裁者声称裁员违法，而且公司采用暴力方式，双方还发生肢体冲突。被裁酷6网高级副总裁郝志中说：“首先请尊重你的员工，不能在业绩超额完成105%和4月你们热情表扬后，一转身把员工像牲口一样裁掉。”此次裁员风波致盛大股价暴跌。有网民称“网络上流传甚广的几段视频，其中很微妙：酷6员工尖叫，优酷热情报道，土豆全体看热闹”。

【蒜你贱】去年“蒜你狠”，今年“蒜你贱”。5月，山东金乡新蒜的批发价跌破2元/斤，国外订单明显减少，观望情绪明显。业内人士表示，今年大蒜价格大幅下跌主要原因是在一些地方政府的鼓励下，大蒜种植面积大幅增加所致。行业人士表示，目前仍旧缺少帮助大蒜出口商扭转困境的办法，蒜商能做的似乎只有密切关注天气情况以及市场的变化，待新蒜上市之际再谋“出路”。

【人造银鱼】继瘦肉精、染色馒头、毒豆芽、超精猪肉丸、万能牛肉膏之后，中国餐桌再现人造银鱼。江苏省泰州市高港区市民张先生在当地口岸农贸市场买了两斤小银鱼，拿回家后怎么煮也煮不烂，小银鱼无刺无腥，怀疑是用塑料或者硅胶做的假银鱼。当地工商、农委卫生部门突击检查。发现这批可疑银鱼有小眼睛，但无内脏、鱼骨，用手一捏就碎，确认银鱼不是鱼，疑为人工合成凝胶物。

【全天候友谊】5月20日，国家主席胡锦涛在人民大会堂会见了巴基斯坦总理吉拉尼。胡锦涛说，建交60年来，中巴友谊世代相传，经受了各种考验，已成为两国人民共同的宝贵财富。中方坚定不移奉行对巴友好政策，致力于发展两国战略合作伙伴关系，愿同巴方一道努力，以两国建交60周年为契机，深化全天候友谊，加强全方位合作，共同谱写21世纪中巴睦邻友好合作新篇章。

【活跃跃】5月22日，《人民法院报》头版在报道“江西上饶中院深入推进基层建设纪实”中使用标题“到处都是活跃跃的创造”。有网民戏称：“终于找到死翘翘的反义词了。”事实上，“活跃跃的创造”是上饶特产。当地著名革命烈士方志敏在其1935年所作的《可爱的中国》一文中，描述中国光明前途时就曾写道：“到处都是活跃跃的创造，到处都是日新月异的进步。”“活跃跃”作为地方特色词汇，早已“活跃”在官方文件之中。

【“不要脸”局长】吉林省辽源市环保局发2010年目标责任制奖，郭东波局长与职工相差三倍，有人认为不公遂举报。2011年春节后的一次全局大会，郭局长讲话：“啥叫公平？领导都得骑马坐轿。你什么东西，臭不要脸的！”辽源市政府新闻办说，郭局长是在讲“二人转”，辽源市纪委说：“作为领导干部讲这样的话是不可原谅的。这些语言严重伤害了群众感情，损害了党群、干群关系，影响了党员领导干部的形象。”此后，郭东波引咎辞职。

【吸毒州长】4月27日晚，云南省楚雄彝族自治州政府的书记办公会，正在主持会议的州委副书记、州长杨红卫被突然到来的云南省纪委宣布“双规”。5月1日，云南省纪委、省监察厅向外界披露，杨红卫任职楚雄彝族自治州州委副书记、州长期间，涉嫌违反组织纪律、失职渎职、吸食毒品、收受他人巨额贿赂等严重违纪违法。其中尤以

“边开会边吸毒”最引人关注。作为目前所知落马厅级官员中涉嫌吸毒的第一人，杨红卫很快被网民冠以“吸毒州长”的名号。

【世袭招聘】 5月，网帖《曝60来位温州市交通系统干部家属被“内部招聘”，打造温州“世袭局”》称：温州市交通系统领导给子女在温州公路管理处安排工作，前后近9年招进60多人。“公管处”一前任领导为使女儿进入单位，以旅游管理专业、女性、1982年5月1日后出生、有驾照等条件为她“量身招聘”。网帖最后还附上36位领导亲属名单。公管处相关人士只承认15人系领导直系亲属。有评论称，世袭面前，神马招聘都是浮云。

【网络蓝军】 国防部新闻发言人耿雁生在一次例行记者会上证实，中国军队根据训练需要，为提高部队网络安全防护水平组建了“网络蓝军”，“当前网络安全已成国际性问题，它不仅影响到社会领域，而且也影响到军事领域，中国也是网络攻击的受害者。目前，中国的网络安全防护还比较薄弱。着眼提高信息化能力水平，强化网络安全防护，是军队军事训练的重要内容之一”。“网络蓝军”并非黑客，而是“红蓝对抗”实战演练的网络延伸。

【真维斯楼】 5月底，清华大学第四教学楼因被冠名“真维斯楼”引发“大学精神堕落”之争议，校方以维修为名悄然摘下铭牌。校方称：为校园建筑物命名是筹资助学通行做法。清华20个院所、实验室、基金等筹款项目定出“冠名费”标准，金额超8亿元。有网民甚至创作出歌曲《陪你去看真维斯》：双汇的食堂，沙宣管理发廊；妇炎洁澡堂，阿迪王耐克的操场……陪你经过肯德基再穿越康师傅，让你的泪落在万宝路；如果你要拉稀就找泻立停厕所，你会看见杜蕾斯也在。

【官场礼仪课】广西、湖北、福建等地一些大学开设的人际关系、社交礼仪等校级选修课以及就业指导课，教学生如何跟领导相处的官场礼仪（吃饭、喝酒、坐车等）："领导应该安排在中巴车里面靠窗的位置，然后是第二领导、秘书、翻译……""坐电梯，最大的领导应站在靠里面的位置，旁边是第二领导，地位最低的应该站门口负责开关电梯。""官场是复杂的，官场上的人是圆滑的，同学们要对领导多说好话，要学会如何恰如其分地赞美对方。"

【三公电影】三公电影，特指靠发公文、用公款、在工作时间观看的电影。6月，上海国际电影节"电影新浪潮：高票房炮制过程全解码论坛"，上海联合院线副总经理吴鹤沪说："有一种'三公'电影：发公文、用公款、工作时间看电影，这不叫营销！有些片方发来宣传资料说，某部电影思想性很深刻，哪些领导给了好评，所以我们首映打算在人民大会堂上映。主旋律电影《任长霞》赶上党员'保先'，正好7月份，党员都去影院'交党费'，票房超过了《蝙蝠侠》。"

【我行贿了】6月初，印度"我行贿了"（www.ipaidabribe.com）网站意外蹿红。网站由两位对印度"办什么事都得花钱"风气不满的海归创办，至今已有1万多条腐败案例记录，印度卡纳塔克邦交通部部长拉奥得知下属被举报，对20多位官员提出警告处分，并成为该网站"粉丝"。中国一时也出现"我行贿了"、"我行贿啦"、"我贿赂了"、"可可部落"等十余个类似网站，掀起网络反腐潮，但该类网站因性质特殊遭遇无法备案等种种难题。

【拇指妹】5月底，广州女大学生"小阳"在微博上竖起大拇指，希望征集1000张大拇指照片，"撑"广州市建委公开1.5亿元《光亮工程可行性报告》。广州市建委将球踢给了广州市发改委，6月，发改委回复：鉴于该项目还未进入可行性报告审批阶段，故暂无法提供其工程可行性研究报告审批的相关信息。“拇指妹”亲自送了一个真的皮球给广州发改委，表示赠送皮球不是“讽刺”，而是“鼓励”。

【旱涝急转】4月份以来，长江中下游地区约94.5%地区先后遭受干旱，长江部分航道水位跌破15米枯水线，上千万亩禾苗枯萎；湖北1300座水库低于“死水位”。湖北、湖南、江西、安徽、江苏5省329万人饮水困难……6月3日后，长江中下游地区出现了较强降水，导致出现旱涝急转，上百万人遭遇洪灾，农田受淹，房屋倒塌。湖北省气象局气象服务中心高级工程师陈正洪认为，“旱涝急转”是全球气候变暖引发的极端天气现象。

【摩擦事件】6月15日，《人民日报》发文评论近期当地人与外来人员频发的“摩擦事件”：近来，一些地方接连发生了当地人与外来务工人员的摩擦事件。虽然冲突已经过去，事情逐渐平息，但那“外来人员殴打当地人、当地人殴打不会讲本地话的外地人”的情景，仍深深刺痛了人们。排斥造成隔阂，更给社会留下深深的裂痕。社会学家对此不无忧虑地指出，“各种社会排斥过程无不导致社会环境动荡，终而至于危及全体社会成员的福利”。

【毒菊花】6月，有媒体报道称，“中国药材之乡”、“菊花之乡”江苏省射阳县洋马镇每年生产2000吨左右的菊花，其中约200吨用硫磺熏制，流向浙江、云南、贵州、广东等地市场。为节省成本，传统的菊花制造工艺通过硫磺熏蒸，破坏表面蜡质，起干燥作用。但从2005年起，中华药典已不再允许使用硫磺熏蒸法，原因是硫磺熏蒸后的菊花药味会变酸，造成主要成分损失而影响临床疗效，同时残存二氧化硫，造成毒性叠加，会对人体肝肾功能有直接影响。

【商业爱国主义】“商业爱国主义不是爱国主义，是害国主义。”北京宪政学者陈永苗称，中国“入世”后，国内某些企业因产品质量差、管理落后，无力应对挑战，便以保护民族产业为借口，向国家要政策、要资源。它们不是深入改变自我，而是在要特权的借口上花样翻新，商家谈爱国成了时尚，通过租赁学者、绑架舆论夺取话语权。从反日货、爱国货到保卫中国乳业，有多少商业贩子假的是爱国之名，欺骗的是人们的爱国感情？

【红色消费】为庆祝“建党90周年”，中国各机关、企事业单位掀起“红色消费”浪潮，唱红歌、吃红饭、拍红剧、拍红照、租红色演出服装、买红色音像制品、买红色书籍，搞红色收藏，搞北京、井冈山、西柏坡、延安红色之旅。重庆红色经典投资有限公司还准备投资25亿元，在4年内建一座中国红色经典主题公园，内有各种红旗、伟人故居、元帅雕塑、红色圣地、红色中国剧、红色爱情宣言墙、红色文化街及56个民族小吃。

【电梯死】7月5日上午，北京地铁四号线动物园站A出口上行扶梯因驱动链条脱落导致扶梯突然快速下滑，众人失去平衡摔倒，并压中后面的乘客一起向下滚落，事故造成一名12岁少年身亡、3人重伤、27人轻伤。事故电梯为奥的斯(OTIS)，事发后，京港地铁停开10部涉事品牌电梯，并彻查隐患。有报道称，奥的斯电梯曾有前科，2010年12月14日，深圳地铁1号线国贸站一台上行奥的斯自动扶梯因固定支座螺栓松脱，发生逆行，造成25人受伤。

智障包身工（详见 P91）

【老同】 老同因电影《雪花秘扇》而兴，老同不是同性恋，是旧时南方民间立誓结为姐妹的一种说法，要在神佛面前盟誓，要有见证，生生死死不离不弃。老同是女人间最亲密的关系，甚至超越夫妻、姐妹，彼此沟通是靠写在扇面上的一种秘密语言——女书。成为老同要认识三五年以上、一起睡过一张床、穿过对方衣服、吵过架但还是很铁、家里人都知道她的名字、一起哭过笑过、拿对方开得起玩笑。

【毕业疯潮】 2011年高校毕业秀掀起一股个性毕业照和毕业床单文化风潮，华中师大女生玩起“短裙、黑丝、美腿、高跟鞋，六道杠”艳照，南京大学、中山大学毕业生穿上民国学生装玩起了“穿越”，广州大学生玩起唐装照，广东外语外贸大学玩起汉服照，南京体育学院玩起了裸奔，有浙大男生为拍疯狂毕业照爬树跳西湖溺亡……各位校长大人开始学“根叔”说人话，有男室友挂出床单嘱咐：“下次聚会，带着娃来。”

【公路种菜】 近年来，在全国土地执法检查中，卫星遥感图片监控犹如“天眼”，使违法违规用地难以藏身。湖北襄阳市双沟工业园却别出心裁，在建好的水泥路上填上土、铺上薄膜、撒下种子种菜。一个月后，镇里又组织人员、机械，将表层填土刨开、搬走。有村民说，镇里光买土盖路就花了五六十万元，“说是双沟工业园手续没有批，被上级从卫星上拍下来了，只好应付一下检查。”有评论称，“公路种菜”源于“公权长草”。

【跨省沟通】 浙江宁波市的刘先生看到7月6日《今日信息报》报道《私宅被打砸抢封，粮食被抢光，地方政府公安“袖手旁观”——身怀六甲的女人和两个未成年女儿何时能回到自己的家》，于是上论坛转了几个帖。没想，与此案有涉的江西贵溪警方上门“沟通”半小时，称该报道失实，并要求删帖而且保证不再转发帖子。刘先生坚持己见，沟通无果。跨省沟通是跨省追捕的变种，是变相的“因言获罪”。

【社会不满替罪羊】垄断国企中石化成立28年以来，规模滚雪球一样壮大，国内成品油价格也节节攀升，近年接连爆发的“天价吊灯”、“天价酒”、云南分公司“乱发奖金”事件，让中石化饱受非议。4月“天价酒”事发，有媒体称，当国际石油公司都在关注国际油价时，他们的中国伙伴中石化却在“研究茅台酒问题”。中石化挣钱越多越挨骂，自称只是公众对社会财富分配不均、贫富差距加大诸多社会现象发泄不满的替罪羊。

【塌桥公司】7月，杭州钱塘江三桥部分桥面突然坍塌，天涯论坛有帖子称，钱江三桥和2007年垮塌的凤凰大桥、九江大桥都是湖南路桥建设集团公司所建，网民戏称湖南路桥公司是“塌桥公司”。湖南路桥建设集团公司董事长叶新平称，网上所列“塌桥”并非该公司直接建造，虽然湖南路桥承建了出现垮塌的钱江三桥和广东九江大桥，但钱江三桥垮塌标段和九江大桥的出事标段，都是当地企业承建的，与湖南路桥无关。凤凰沱江大桥，湖南路桥是第二责任主体。

【大干快上】快中国的工地喜好悬挂冒进标语：“决战90天”、“大干快上”……只是冒进风险，6月30日通车的京沪高铁南京南站，通车后不到一周便要重新铺设地基，相关部门对此解释是“赶工期未能保证质量”；6月底通车的“史上最短命公路”云南新三公路试通车第二天即发生坍塌事故，造成2死2伤，调查发现，该公路存在“未批先建”和“赶工期”问题。“大干快上”之所以风行，是因为权力认为自己无所不能。

【放蝎逼迁】7月18日凌晨2点，深圳市南山区大新社区花屋巷的数百居民在睡梦中被惊醒，亮灯后发现家里的地面、墙壁、蚊帐上爬满了成百上千只蝎子。有居民发现，一名二三十岁的男子曾手拿一个木桶，把里面装的蝎子倒在拆迁户门口和窗台上。由于大新社区正进行旧城改造，有居民对拆迁费不满而未搬迁，他们怀疑，放蝎男子很可能是受大新社区拆迁开发商指使。目前，当地派出所已介入调查。

【暴走哥】7月，身无分文的21岁四川资阳市小伙荆卫权，为去重庆找一份工作，从成都五桂桥长途汽车站门前出发，在老成渝高速公路上花7天6夜暴走360公里，中途只吃了一盒方便面，靠吃掉地上的果子充饥、喝水沟里的水解渴。中间幸被重庆交警发现并解救。重庆市民和热心网民在两天里为荆卫权提供了31份工作，荆卫权最后选择了一家网络公司上班："重庆真好，吃苦我一点都不怕。"

【碑剧】日前，黑龙江省方正县花70万元在"中日友好园林"内立了一座刻有"日本开拓团民亡者名录"的石碑，称立碑是为让中日后人了解真实历史，体现中华民族伟大胸怀，有人则斥其为招商引资"忘记国耻"。陈福乐、"梁智"、"韩忠"、"湘军五百"、"飞天燕子"5人组成"砸碑团"，携红漆、锤子砸碑，"中国民间对日索赔第一人"童增奖励"五壮士"每人2000元。同期，安徽黄山景区还出现让游客扮鬼子抢"花姑娘"的荒诞一幕。

【赛家鑫】2009年，云南昭通男子李昌奎奸杀19岁少女王家飞后，又将其3岁弟弟王家红活活摔死。其后，李昌奎在四川"投案自首"。

2010年7月，云南省昭通市中级人民法院以故意杀人罪、强奸罪判处李昌奎死刑。2011年，云南省高级人民法院二审认定“自首”，改判死缓。“赛家鑫”案（赛过药家鑫）引发舆论风暴，云南高院副院长田成有表态：“这个国家需要冷静，这个民族需要冷静。这个案子10年后肯定是一个标杆、一个典型。”

【群P门】7月底，有网民发帖“捡到U盘，疑似昆明发改委官员艳照视频，请纪委收货”，3张艳照显示至少5名男女群体淫乱。昆明市发改委承认系收费管理处副处长成建军（现已调岗处理），昆明警方称艳照系人工拼接修改后形成。而“河南洛阳下岗女工”则以受害者身份贴艳照爆料称，汝阳县人大常委会党组成员田汉文（现已停职）以安排工作为由，多次骗取女色。有评论称，官员艳照绝非私德问题。

【社会焦虑症】《人民日报》报道称“焦虑渐成社会普遍心态，身边危机四伏令人不安”：中年奔波，担心抽不出时间接送孩子；青年挤地铁，发愁买不起房子；大学生怕找不到工作，甘愿“零工资”试用；老人念叨退休待遇不能兑现，看病难上加难；公务员抱怨钱包瘪，压力大；农民害怕化肥涨价，粮价偏低；私企老板唯恐政策变动，眼下生意难以为继……转型期，旧“保护壳”被打碎，新“安全阀”未完全建立，人民很焦虑。

【瘦身钢筋】7月底，海南省质量技术监督稽查总队在文昌市查获345吨重量偏差严重低于国家标准的“瘦身钢筋”，竟然畅通流入保障性住房项目工地，部分产品已经加工待用，这批钢筋如投放使用，后果将不堪设想。“瘦身钢筋”涉及广东、广西等5个外地钢材生产企业、7个规格型号，货值155万元。钢筋生产源头把关不严、施工单位和监理单位未对进场钢筋进行有效监管等问题导致“瘦身钢筋”被层层“放行”。

【微博伦理底线】8月初，央视《朝闻天下》以“微博的伦理底线在哪里”为题，报道了微博上的造谣造假现象，并表示其幕后多有推手。博友@胡延平评论：微博真相铁律：1. 微博是谣言粉碎机而非谣言发源地。2. 最大谎言并非来自民谣。3. 被证伪后的微博难以再次风生水起。4. 实名制不是关键，说实话才是关键。5. 微博并非放大器发酵剂，只是还原者。6. 一条微博可能不完整但加上转发评论会趋于完整。7. 群体智慧比个体信息更接近真相。8. 现实很肮脏，不能要求微博很纯洁。

【分色出租屋】最近，江苏省常州市公安局户政处对区内出租屋进行分级分色管理，其评价依据是：户主是否主动登记、督促租住人员及时办证，是否主动提供租住人员相关情况，每月发案情况，邻里关系，防范设施，环境卫生。半年内连发两次以上刑事案的，挂“红牌”；存治安隐患的，挂“黄牌”；连续一年未发刑事、无治安隐患的挂“蓝牌”。有评论称，这是对公民尊严和隐私的公然侵犯，与平等法治背道而驰。

【拜登吃面】8月底，美国副总统拜登访华，在鼓楼大街姚记炒肝店吃了顿午饭，5人点了5碗炸酱面、10个包子、拌黄瓜、凉拌山药、凉拌土豆丝及可乐等，总共79元，上演一场成功的外交秀。拜登吃面成为网络热词，并催生出孔乙己版和水浒版。“拜登吃面”，释义：以远低于货值的价格采购到商品。引申义：形容一切企图以极小代价换取最大利益的想法。例句：“亲爱的，嫁给我吧。”“没房就想和我结婚，简直就是拜登吃面！”

【卢美美】郭美美走了，“卢美美”来了。8月，某报（海外版）发表《善与美最为人爱——访全球青年领袖、中非希望工程执行主席卢星宇》，报道称非洲儿童亲切地叫她为“阳光姐姐”。卢星宇，24岁，系世界杰出华商协会执行主席卢俊卿之女。有报道称卢氏以制造与高官、名流合影机会“合影经济”赢利，作假欺骗。卢俊卿则称：世上三个最冤的人，第一个是窦娥，第二个是赵作海，第三个就是卢星宇，我是第四冤。网民评论“如以慈善名义赚钱，恶莫大焉！”

【山寨记者会】浙江工商机关，抽检市面上303批次血燕，发现亚硝酸盐含量普遍超标。7月26日，自称是“马来西亚濒危物种进出口管理局、马来西亚出口兽医检验局、马来西亚燕窝出口公会”等机构官员在杭州五洋宾馆召开新闻发布会，对问题血燕进行“澄清”。后经查实，两个来头最大的官“查无此官”。因马来西亚燕窝年产量有200亿元人民币，95%都是销往中国，有人为免利益受损才出此“洋相”。

【加名税】《婚姻法》新司法解释引发婚前房屋产权确认高潮，8月23日起，南京市地税部门通知房产契税征缴部门对婚前房屋产权证加名征收契税。具体缴纳办法按照房屋所有权添加人的实际占有比例，折合成市价，按照赠予类别征收3%契税。武汉等城随即跟进，网民纷骂“趁火打劫”。不久，国税总局和财政部联合发文，明确婚姻关系存续期间，婚前房产加名“免征”契税。“加名税”刚消停，“月饼税”又成为新骂点。

【试探性自杀】8月27日，湖北省公安县纪委监察一室主任谢业新死在办公室椅子上，身中11刀，面容安详。左手腕两刀，右手腕一刀；腹部往上至胸部，并列着四处刀伤，深至胸腔，刺破了内脏；脖颈处还有四处刀伤，其中一条伤口长达17厘米，气管和喉管都被割裂。警方认定，刀伤多为试探性伤口，系自杀。但亲属和坊间则怀疑其系调查“柳宝军案”遭人“报复杀害”。柳宝军是县委副书记，因被“双规”在当地官场引发“大地震”。

【人质交接仪式】6月17日，广西壮族自治区百色市隆林各族自治县发生一起绑架案，该县建设局局长李某几岁的儿子遭绑架。经各级公安机关干警数个日夜的“奋战”，人质终被解救，该县为宣传“辉煌战果”，搞了个“人质交接仪式”，结果引来非议。有评论称，“人质交接秀”相当于“二次绑架”，有网民出招：人质交接仪式真应该一边请张艺谋放焰火，一边请小沈阳伴舞。

【铜陵模式】一个在中国存在了50多年的鸡肋行政机构——街道办，近日彻底宣告退出安徽省铜陵市市民生活。铜陵市也因此成为中国第一个全部撤销“街道”的地级市，其改革模式被总结为“铜陵模式”。民政部基层政权司副司长王金华称，民政部曾组织专家论证，对“铜陵模式”非常肯定，“这是城市管理中革命性的变革”。他表示，街道办取消是一个趋势，“铜陵模式”如果最终评估效果好的话将会在全国推广。

【逆淘汰】逆淘汰是“优胜劣汰”的反面。中共中央党校报刊社副总编辑钟国兴在《北京日报》撰文提醒人们警惕当下中国社会的10种“逆淘汰”现象：财富逆淘汰（劳动难致富，不劳动反而致富），经营逆淘汰，人才逆淘汰，官场逆淘汰，行政逆淘汰，机构逆淘汰，改革逆淘汰（改革本是要革管理机构的命，机构却越改越多、官越改越多、权力越改越大、浪费越改越严重、问题越改越得不到解决），体制逆淘汰，学术逆淘汰，道德逆淘汰。

理性体（详见 P93）

【塔西佗陷阱】“塔西佗陷阱”，大意是“一旦一个部门公信力丧失，无论你说真话假话，干好事坏事，都会被认为是说假话、干坏事”。普布里乌斯·克奈里乌斯·塔西佗是古罗马最伟大的历史学家，他曾出任过古罗马最高领导人——执政官，此外还先后干过保民官、营造官、财务官、行政长官和外省总督等，他曾经这样谈论执政感受：“当政府不受欢迎的时候，好的政策与坏的政策都会同样得罪人民。”

【食用性地沟油】9月，公安部指挥浙、鲁、豫等地警方，破获一起利用地沟油制售食用油的特大案件，成功摧毁14省犯罪网络，捣毁包括济南格林生物能源有限公司、河南郑州宏大粮油商行等在内的生产、销售食用油的“黑工厂”“黑窝点”6个。一条集掏捞、粗炼、倒卖、深加工、批发、零售六大环节的地沟油黑色产业链浮出水面。吊诡的是，如果以目前食用油检测标准检测，地沟油炼制的“食用油”竟然完全合格，达到食用级别！监管掉链和标准缺失是地沟油猖獗的两大主因。

【割皮救女】8月的一天，河北省灵寿县的刘艳花在鸡舍里生炉子，没想引燃塑料墙和棉被，5岁的女儿然然身上60%被烧伤，送至石家庄友爱医院，需植皮救治。父亲杜金辉为省1000元手术费，舍弃全麻选择局麻手术，让医生在换药室从自己身上取皮。“最慈爱父亲”感人的“割皮救女”事迹经媒体报道后，激发社会善念。社会各界纷纷捐款，医院也免除了部分费用。屡屡出现的“割皮救女”“割皮救子”，折射出中国社会底层自救之痛。

【经济舱大使】美国驻华大使骆家辉自赴京上任伊始，尽现朴实之风，自己拖家带口，喝杯咖啡，背包拖行李上机，其间无人打伞，无人提包，没有豪华宴请。9月，骆家辉赴大连参加2011达沃斯论坛，竟然坐的是经济舱，央视主持人芮成钢问他："大使先生，听说您是坐经济舱来的，这是否在提醒大家，美国欠中国钱？"骆家辉回应：在美国，官员乘坐经济舱出行是一般规则。有论者称这彰显出美国公共财政的"吝啬之则"及公职人员的"福利边界"，是在给中国官员上一堂伦理课。

【沉默权】沉默权通俗解释是"你有权保持沉默，但你所说的每一句话都将成为呈堂证供"。在西方各国刑事诉讼中，大都赋予犯罪嫌疑人、被告人享有沉默权，并且被认为是受刑事追诉者用于自卫的最重要一项诉讼权利。9 月，中国刑事诉讼法修正案草案向公众征求意见，其中第 14 条规定"不得强迫任何人证实自己有罪"被广泛解读为"沉默权入法"，随之引发激烈争辩，侦查机关对此抵触情绪强烈。

【行贿档案】最高人民检察院称，2011 年年底将实现行贿犯罪档案查询全国联网。行贿档案系统生成于由检察院立案侦查、并经法院作出生效判决的案件，包括行贿，单位行贿、对单位行贿、介绍贿赂犯罪等信息，对防控职务犯罪和商业贿赂有积极警示和威慑效应，可为各级党委、人大、政府提供决策参考。有评论称，行贿档案联网只是建立了第一道反腐防火墙。有网民则呼吁，希望有朝一日，受贿犯罪档案也可全国联网查询。

【削肾客】削肾客，偷肾的人。网上流传一个恐怖假故事：一小伙参加狂欢派对，次日早上醒来发现躺在宾馆血红的浴缸里，他的肾已被摘除。现实中，25 岁的小海前往南京某医疗器械销售公司应聘，经过繁琐的入职体检后被录用。小海被公司派去徐州出差，带进医院，喝下护士端来的水后，昏睡过去，次日醒来发现一颗肾已被摘除。老板留下3万元“卖肾款”跑了，但这钱却不足以支付术后医药费。

【不作为锦旗】近年来，民众流行起给未能履行工作职责为民解忧的公职人员送“不作为锦旗”表达不满。江苏无锡周力给劳动保障监察大队送“不为人民服务”锦旗。甘肃村民不满拆迁问题，放着鞭炮给镇政府送“违法拆迁，行政不作为奖”锦旗。海南村民给镇政府送“村民心中最不作为奖”锦旗，镇政府挂上墙头以警示提高效率。沈阳市民给铁西区工商所送“不作为”锦旗，所长很淡定：“这是我们应该做的。”成都一男子因经济问题迟迟未获解决给公安局送“不作为”锦旗，差点被没收。

【绿领巾】10月14日，西安市未央区第一实验小学90多名一年级学生中约一半学生戴上一条绿领巾，老师说，学习、思想品德表现稍差的学生没有红领巾，“绿领巾就是告诉他加油努力，下次争取戴上红领巾”。绿领巾上学、放学均不得解开，否则将在班上点名批评。5天之后，绿领巾即被叫停。有论者称，绿领巾是歧视教育下的蛋，属于教育“软暴力”，依逻辑，差生戴绿领巾，差老师应该戴绿帽子。

【撑腰体】9月，北京大学常务副校长吴志攀在一次座谈中鼓励校友讲诚信、做好事，做有道德的公民：“你是北大人，看到老人摔倒了你就去扶。他要是讹你，北大法律系给你提供法律援助，要是败诉了，北大替你赔偿！”“校长撑腰体”在“小悦悦事件”后突然走红，并衍生出各大高校校长版、明星版、企业版，有评论称，“校长撑腰体”折射出当下中国救助机制缺失，它是搀扶困境下的“温情一笔”，也是国人道德滑坡的刹车片。

【潘币】微博掀起一场“货币战争”，催生出中国新“度量衡”：一潘 =1000 元 / 平方米（潘石屹戏评乔布斯该出千元手机）；一任 =10 潘（任志强说北京房产均价低于 1 万元 hold 不住）；一侯 =1000 点（侯宁曾预言股市将有“千点巨震”）；一马 =16 万元 / 年（马云提高淘宝商城服务费至每年 16 万元）；1 乔＝ 7142 元 / 年（宁波称将用 5000 万培养出 1400 万个“乔布斯”）。从“一潘”到“一马”，恶搞的背后是一片中国式的心酸与民生之艰。

【iSad】10 月初，美国苹果联合创始人史蒂夫·乔布斯（Steve Jobs）因病逝世，Twitter 上全球热门话题 10 条有 5 条与乔布斯有关。大量 Twitter 用户使用“iSad”（我很悲伤）、“RIP Steve Jobs”（愿乔布斯安息）以及“Thank you Steve”（感谢乔布斯）等短语，或修改苹果图标寄托哀思。从微博到纸媒，人们大张旗鼓纪念乔布斯，人们纪念的不只是一个人，更是一种梦想、一种精神和一种价值观。

【5 毛蛋】10 月 1 日，北京航空航天大学学生范祺锋在食堂吃早饭，正巧遇到了温总理，总理问：“鸡蛋多少钱一个？”“一个鸡蛋、一个鸡蛋饼、一块腐乳共 2 元，鸡蛋好像 5 毛钱一个。”范答。总理又问：“这顿饭一共花了多少钱？”“再加上 5 个包子，一碗粥，一共花了 4 元钱。”范答。“5 毛蛋”引发网民热议，校方证实确系“5 毛”，因有政府和学校补贴。此后，北航食堂人满为患，校方不得不紧急限购。

【五狗精神】东莞报业传媒集团开 2011 年年中工作会，社长陆世强倡导新闻人要有“五狗”精神：要像警狗一样嗅觉灵敏，要像猎狗一样寻找线索，要像疯狗一样追逐目标，要像狼狗一样咬住不放，要像哈巴狗一样温顺忠诚。有好事者总结出“职业经理人五狗精神”：

要像疯狗一样激情亢奋，要像看家狗一样忠诚可信，要像牧羊狗一样敬业专业，要像赖皮狗一样执著坚忍，要像西施狗一样可爱高贵。

【顺手牵车】 官员上调，人走了，车也带走了。在湖北省广水市，这一不正之风沿续了十多年，直到5位市人大常委看不下去，拍案而起。2000年至2009年，随州下辖的广水市调离干部带走公车28辆，至今自动退回5辆，讨回8辆，因离任官员基本高升，还有15辆公车没能追回。调到随州的广水市原纪委书记邓凯很“纳闷”：“如果找我要我不还，那是我耍无赖，关键是根本没人找我要过车。”

【商不起】 中国MBA学费年年大涨，而且形成风潮。北大在职MBA 2012年学费上调至20.8万元，三年间累计涨幅超60%，上海交大高级金融学院业余制MBA学费由18.8万元／两年涨到23.8万元／两年，相比中欧、长江等独立商学院近40万元／两年的学费，仍属小巫见大巫。校方称涨价系因培养成本、物价走高，有专家则称学费追涨系为抬高身价。考得上学、读不起书的学生们唯有苦叹“商不起”。

【中莱坞】 “中莱坞”（Chollywood = China+Hollywood），美国《大西洋月刊》称，继美国好莱坞和印度宝莱坞（Bollywood）后，“中莱坞”成长为世界电影产业的新开拓地。包括世界电影业的领头羊好莱坞在内的各国电影公司和电影人积极寻求与中国联手。华语区演员接连成为好莱坞影片主角。甚至还发生了好莱坞在制作电影时看中国眼色的事情，米高梅在《赤色黎明》就将初设的中国恶人改为韩国人。同时，中国投入巨资吸引韩国等外国导演和工作人员，大力促进发展电影产业的竞争力。

【停止冷漠】 10月13日下午，佛山市南海黄岐广佛五金城，2岁的小悦悦遭两车碾压，18路人漠然走过，直至拾荒阿姨陈贤妹上前扶起。10月21日零时32分，小悦悦抢救无效脑死亡。一个中国小女孩，拷问着国人良心，并引发一场全民道德大讨论，网友疾呼“停止冷漠，不做看客”，佛山280名市民前往事发地宣誓“不做冷漠佛山人”，合肥律师还成立了“停止冷漠公益法律援助联盟”。有人说，为免被讹，倒地老人最好大家一起上前扶，这样她便一时不知该讹谁。

【织里抗税】 浙江省湖州市吴兴区织里镇，一个依赖数千家童衣加工“夫妻队”兴起的“童装之都”，当地税务局决定对“夫妻队”征缴“童装税”（机头税），从2009年起至今年10月，从一台缝纫机100多元涨到每人每年征626元，不交便“锁门”“恐吓”。10月26日晚，600多安庆籍“夫妻队”到镇政府上访，一辆浙E奥迪车驶离时撞伤9人，引发打砸骚乱。事后滋事者被拘，税管员被解聘。地方政府不顾及纳税人生存现实随意加税是为事件诱因。

【红校服】 西安有“绿领巾”，包头有“红校服”。包头市二十四中共有1600多名学生，9月，当地的翔锐房地产开发有限公司“包了”100多名“好学生”——初二、初三年级成绩前50名的“优秀生”，及成绩进步特别快的“进步生”。他们穿上赞助的红校服，背上喷着“包24中优秀生，翔锐房地产”。从绿领巾、红校服、彩色作业本、测智商到羞辱学生的提裤门，人们发现本应培育知识、塑造人格的教育领域，已然集媚权、媚钱、奴性、斯文扫地于一身。

【以房养老】 10月底，北京市民政局发布“十二五”老龄事业发展规划，提出“以房养老”——指老人将自己的产权房抵押给金融机构，以定期取得一定数额养老金或接受老年公寓服务的一种养老方式，又称“住房反向抵押贷款”“倒按揭”。北京市为应对老龄化社会，鼓励商业保险企业、商业银行或住房公积金管理部门建立公益性中介机构，开展“以房养老”试点业务。有专家称，中国房屋产权仅有70年，且房价涨跌不定，“以房养老”恐难推行。

【严肃游戏】 10月底，文化部文化市场司官员在一次论坛上称，目前市面上网络游戏充斥的暴力、色情等问题严重，很多青少年沉迷网络游戏，甚至形成网瘾，我国计划建立“严肃游戏”长效发展机制，调整游戏内容导向，拒绝暴力、色情网游。会上，有关企业推出了一批严肃游戏：《光荣使命》《开心网球》《高尔夫大人》《情商加油站》《抢救地球》等。有专家称，目前严肃游戏的国内应用案例主要是用于治疗老年痴呆症。

【猪蹄厅长】 曾因号召“千名中医微博问诊”获封“微博厅长”的甘肃省卫生厅厅长刘维忠，10月中旬，因通过省卫生厅官网推广“食疗吃猪蹄”“黄花菜熬水”等疗法，获封“猪蹄厅长”，他多次提及猪蹄、猪蹄煮刺五加等食物对艾滋病、肿瘤的效果，猪蹄汤和黄芪水是救命良方。刘称，“中医讲究简、便、验、廉，最后一个‘廉’字，是贫困甘肃推广中医的主要动力”。有专家称，猪蹄非万能，不严谨推广中医，会导致民众对中医认识低俗化、庸俗化。

【裸商】 以前有“裸官”，现在有“裸商”。“裸商”是指民营企业家用实业做抵押，获得贷款后投资移民海外，或企业主事先把资产转移到海外，等时机“成熟”即宣告破产。“裸商”出现系因国企与民企在资源配置日趋不均衡，法制层面滞后于市场化发展，外需收缩之后民企

约谈（详见 P97）

尚未完成产业转型处于迷茫。10月底，温州民间借贷陷入困局，义乌和温州一些中小企业主纷纷“移民跑路”。浙江有关部门统计，有一半以上浙商已经不是浙江人！

【黄河女儿】11月，河南宋庆龄基金会耗资4亿元在郑州市郑东新区建了一座高24.15米、占地800多平方米的宋庆龄半身石像。面对人们钱从何来的质疑，一赵姓工作人员称：“雕像不是宋庆龄，而是黄河女儿。”承揽样稿创作的广州美术学院雕塑系副主任蒋剑韬证实：这就是宋庆龄雕像！《南方周末》早前报道称，“中国最能筹款慈善组织”河南宋庆龄基金会不过是一个打着慈善幌子集资放贷获利，资产规模达30亿元，业务涵盖地产、金融、担保、保险代理、文化教育等多领域的经济体。

【滴血传艾】11月，有人通过发微博、短信等形式，称一伙新疆籍艾滋病感染者在全国部分城市用自己的血滴到食物里，有人被感染。新疆警方辟谣：截至目前，未发现有关艾滋病人投毒案件。请勿信谣、传谣。卫生部新闻办亦解释：艾滋病传播经血液、性和母婴途径，艾滋病病毒不能通过餐具、饮水、食品而传染。早在2008年，就有“吃烧烤传染艾滋病”谣言流传甚广，当地政府曾为此公开辟谣。

【限广令】11月28日，国家广电总局发布《〈广播电视广告播出管理办法〉的补充规定》，要求从明年1月1日起，全国各级电视台在播出电视剧时禁止以任何形式插播广告。有报道统计，2011年，广电总局总共发了六条禁令：“控烟令”；限制穿越和名著翻拍；停播“变通通便胶囊”等44条电视购物短片广告；“限娱令”；卫视黄金档禁播穿越、宫斗、涉案三类剧。有网民感慨，广电总局真是一位管到了人民客厅的“胡同大妈”。

【承继式调控】全国 48 个城市楼市限购，其中 12 个城市曾明确今年 12 月 31 日限购到期。限购限贷后，多地楼市成交量大幅下滑、土地流拍，年底限购松绑迹象频现。日前，住房和城乡建设部为防楼市报复性反弹，知会地方政府，限购政策延续。有业内人士认为，住建部再三强调“承继式调控”，意味有二：其一，“限购令”短期内不会退出，特别是涉及年底到期的地方，莫奢望到期松绑；其二，房产税全国普征正加速向我们走来。

【国标焦虑症】左手国际惯例，右手中国国情。中国出台个乳品新国标，结果出台了个“被乳业巨头绑架”“全球最差的乳品标准”，标准放宽到每克生乳菌落不超过 200 万个、每百克生乳蛋白质不低于 2.8 克。中国发布了个《速冻面米食品安全国家标准》，金黄色葡萄球菌由不得检出变为限量检出。国民的国标焦虑症越来越重。有评论说：“国标超短裙低到不能再低，是在为进口产品做免费广告？还是在为产业底线的沦丧竖起一座耻辱碑？”

【萝卜哥】今冬萝卜价太贱，河南省郑州市花园口黄河大堤滩地的菜农韩洪刚不想 40 万斤萝卜烂地里，于是想“免费给福利院、敬老院、民工子弟学校、民警和部队提供萝卜，想吃随便拉”。市民风闻，4000 余人蜂拥而至，不但拔光萝卜，还顺走地里不少红薯、辣椒、香菜和菠菜，“萝卜哥”损失两万多元，成了“伤心哥”。所谓因祸得福，郑州市民随后力邀“萝卜哥”进城卖红薯，一天就卖掉了 3 万斤，有人还下了 20 万元的大订单，“萝卜哥”感慨：“你把钱看得越重，钱就离你越远。”

【弱国心态】中国正闹校车危机，外交部却援助了马其顿 23 辆校车，人民群众表示不理解。外交家吴建民称这是弱国心态，将欲取之，必先与之，对外援助不能打小算盘，当年正是 1.5 亿英镑援建坦赞铁路，中国才被非洲兄弟抬进了联合国。所谓弱国心态，就是在国际交往中，国民一种不自信、总是受损者自居的集体意识。早前，吴建民曾归纳弱国心态的三种表现：对人家评论非常介意，人家说好就高兴，骂两句就沮丧；喜欢拔高；喜欢对自己的成绩津津乐道。

【龙年婴儿潮】龙在中国代表权势、财富与喜气。2012 年恰是中国龙年，有机构估计，中国龙年婴儿出生率将增加 5%，龙年婴儿潮将带来一系列社会资源紧张和竞争压力，也将带来相关商机。现在，深圳、昆明产床人满为患，北京“金牌月嫂”早被订空。法国巴黎银行消费领域分析人士米歇尔·马克认为，龙年婴儿潮将促进婴儿奶粉、尿不湿及婴儿服饰等产品的消费需求。但在未来，当龙宝宝们拥挤在幼儿园、小学、中学、大学和求职路上时，他们会慢慢感到头疼。

【名鞋哥】以前流行“鉴表”“鉴烟”“鉴酒”，如今流行“鉴鞋”。11 月底，网曝《四川双流副县长穿 Ferragamo 视察工作》，帖中称成都市双流县副县长廖维忠穿上价值 6000 多元的意大利菲拉格慕（Ferragamo）名鞋视察工作，甚至连去泥泞工地时亦如此。事后，廖维忠称鞋子是几年前妻子送的生日礼物，当时价格 4000 元上下，网帖系因执行工作时拒绝了企业的不合理要求，而遭恶意发帖。网友评价：“穿名牌无可厚非，问题是买名牌的钱是不是合法所得？”

【狼爸】萧百佑，47 岁，香港籍广东人，金融、地产从业者，因“三天一顿打，三个孩子进北大”被称为“中国狼爸”。他有四个孩子，他的育子工具是鸡毛掸，育子心得是12岁之前基本靠打：不给零花钱，不许喝可乐，不能吹空调，不能随便开冰箱、看电视、上网，背完《三字经》再睡觉，成绩要进班级前三，大学前不能有朋友，杜绝课外活动，犯规要挨打……其育子法引发一片“奴性教育”的争议，萧坚称自己是“全天下最好的父亲”。

【烟草院士】12月8日，中国工程院宣布新当选的工程院53名院士中，郑州烟草研究院副院长谢剑平因“降焦减害”研究成果而获得工程院院士头衔。舆论哗然，有人将其称为“杀人院士”。中国控烟协会写信建议取消谢剑平院士资格，信中称“降焦减害”在欧美已证明失败，这是帮烟草企业推销烟草，危害国人，这事让国际耻笑，让中国蒙羞。有评论称，“烟草院士”背后有两大“死穴”，一是院士评选缺乏民意关，二是院士评选缺乏退出关。

【蓝光猪肉】12月11日，北京市的李先生买了一块猪肉挂在家里，白天没有任何异常，但到了晚上，猪肉局部会在黑暗中发出蓝光。通州区动物检验检疫所工作人员表示，荧光猪肉很可能是生猪在饲养环节被喂食过过量含磷饲料，也可能是感染了荧光假单胞菌，无碍安全，煮熟后可放心食用，但要尽量少吃。早在2007年，就有媒体报道过类似的荧光猪肉、夜明猪。各方说法不一，有人认为是生猪养殖环节猪肉存在某种有毒物质，有人认为是超市销售或物流过程保管不当，有人认为可能是消费者储存污染所致。

【公益型国企】12月10日，中国企业领袖年会，国资委副主任邵宁称，国有经济结构调整将使国企向两个方向集中：公益型国企和竞争型国企。公益型国企“在中央层面包括石油石化、电网、通信服务等领域企业，在地方包括供水、供气、公共交通等方面企业”，由于该类国企在经营上普遍处于垄断地位，未来改革重点在于提高透明度，以防止企业利用垄断地位损害公众利益。事后，国资委澄清，称“具有公益性质的国有企业”不等于“公益型国企”。网民则喊：吃了我的请还回来！

【乞丐谈判专家】 12月5日，浙江舟山，下肢残疾的安徽乞丐李小辉跪在自己的轮板上，不停地对着在14楼楼顶上欲跳楼轻生的男子大声劝导：“大哥，你要想开一点呀。你的爸爸妈妈非常担心你。”最终，轻生男子被警方救下。李小辉的义举感动了围观市民，人们戏称他为“乞丐谈判专家”。此前，他还曾为汶川地震捐款100元。有评论称，“乞丐谈判专家”是冷漠社会和寒冷冬天里的一则黑色幽默。

【微博实名制】 12月16日，《北京市微博客发展管理若干规定》公布并施行。规定要求个人及机构注册微博需使用真实身份信息（后台实名前台可匿名），否则禁言，老用户需在3个月内完成规范登记。此外，微博发言不得诽谤、传谣、扰乱社会秩序、破坏社会稳定、煽动非法集会，不得制造虚假微博用户，买卖粉丝……有人担心这会导致微博裸奔，自己随时被跨省，有人认为这有助于让诚信阳光照进微博，净化网络环境，让网民文明和谐上网。

【砍腿党】 12月底，临近年关的东莞市东城区桑园工业区，一月连发26宗“双抢”案。万士达液晶显示器有限公司的职工凌晨下班回家，时常遭遇被歹徒刀架脖子抢劫财物，捅倒在地搜刮财物的情形。26岁的董海超曾遭六七名持刀歹徒抢劫，后腰、左腿前部、右腿腿侧分别被刀捅伤。“那些人二话不说，上来就捅，然后搜走我的手机和银行卡。”为保职员安全，万士达专门成立保安护送队。东莞警方加设治安亭，并加强了巡逻。

【实名避孕】2011年年底，福建省福州、厦门、三明等市，顾客进药店买紧急避孕药需检查登记身份证。1998年起，紧急避孕药进入中国，其销售并未设限，福建是首个出台相关限制规定的省份。药监局称，紧急避孕药实名制登记依据的是国家《集中整治“两非”专项行动实施方案》通知（“两非”指非医学需要的胎儿性别鉴定和非医学需要的人工终止妊娠行为）。有网民担心个人隐私可能随时被泄露，有评论者认为公权因少受制约，手伸得越来越长。

【张去死】2011年8月，安徽芜湖的孙女士带罹患癌症的丈夫张先生到上海复旦大学附属肿瘤医院看病，在医药费发票和显示屏上，张先生的名字竟被改成“张去死”。起因系医院之前多开了14元医药费，孙女士找收费员王竞退费，小姑娘几度折腾才肯退钱，两人发生口角，王竞悄悄登录系统后台，改病人姓名以泄私愤。2011年年底，事件被媒体报道，院方决定对王竞通报批评，延长其一年实习期，扣发一万元津贴。“张去死”不过是“缝肛门”“八毛门”“录音门”紧张医患关系的其中一首续曲。

【假宽带】2011年12月22日，DCCI互联网数据中心发布的《中国宽带用户调查》称，中国绝大部分互联网用户在使用“假宽带”——网民使用的实际宽带下载速率低于运营商提供的名义宽带速率。认为，过半数用户平均上网速度达不到标定网速，内地网民实际每月为1Mbps宽带的支出是越南的3倍，美国的4倍，韩国的29倍，中国香港的469倍。有专家认为这是炒作，实际带宽会受服务器、传输多种因素影响，与运营商无关。但“假宽带”背后的真垄断，却是不争事实。

【黄曲霉毒素】2011年12月24日，国家质检总局公布近期对全国液体乳产品抽检结果公告，其中，蒙牛乳业（眉山）有限公司、福建长富乳品有限公司10月份生产的250ml /盒纯牛奶分别被查出黄曲霉毒素M1超标140%、80%。黄曲霉毒素为1类致癌物，不怕开水煮，其毒性是氰化钾的10倍、砒霜的68倍。蒙牛称系饲料霉变所致，该批产品已封存销毁，未出库销售。蒙牛股价暴跌，官网被黑。

【割肝救母】43岁的安徽籍农民芮明翠患有血吸虫性肝硬化，19岁的女儿杨蓉为照顾母亲放弃了高考，为给母亲做活体肝脏移植手术，2011年年底，杨蓉在天津第一中心医院切除自己66%的肝脏用于救治母亲，手术成功。杨蓉孝心感动无数人，许多好心人还给其母女捐款，用于解决医药费。2011年9月，广州80后留学生小伙彭斯回国"割肝救母"的反哺孝行亦感动国人，他表示，自己只是做了一件平常事，母亲生我养我就该报答。

【小偷反腐】2011年年底，有好事网民列出《过去10年"小偷反腐"10个著名案例》的一张清单，其中就盘点到：2011年11月，山西焦煤集团董事长、党委书记白培中被免职并被纪检机关调查，起因是"家中被偷，其妻报案时谎称被抢300万元，但小偷被抓获后，证实被盗钱财物品总价值近5000万元"。许多网友调侃："小偷，反腐战线上的一支奇兵。"并建议"各级纪委、监察局在小偷中发掘一批线人"。有段子则称，目前中国有效的反腐手段有：夫妻反目，家中被盗，意外事故，情人举报，记者拍照，深喉晒发票。

【方阵体】方阵体，又称阅兵体，尤其适用于"年终盘点运动会"时作为解说词使用，因气势磅礴而大受网民欢迎。例句：同学们，现在

临时工（详见 P103）

向我们走来的是程序员方阵！他们穿着拖鞋，披着毛巾，左手拿着键盘，右手举着鼠标，腋下夹着 USB 转换器。他们因睡眠不足而显得精神不振，喊着微弱的口号走过主席台。首长问候：程序员们辛苦了！程序员方队异口同声地答道：Hello World！

【太平洋世纪】 美国国务卿希拉里·克林顿在《外交政策》杂志 11 月号上撰文《美国的太平洋世纪》，紧跟着又在美国东西方中心发表讲话，宣称 21 世纪是美国的太平洋世纪。她说，美国外交正处于一个转折点。随着伊拉克战争走向结束、亚太地区逐渐成为 21 世纪全球战略与经济重心，也将成为美国外交战略的重心。“美国在未来十年的最重要任务之一将是锁定对该地区外交、经济、战略等领域的大幅投资。”有国际问题专家认为，美国确是亚太地区、尤其是南海地区 2011 年来“险象丛生”的幕后推手，美国“一直没有离开亚太”，即使它从未真正属于这里。

族群

【苍孙】苍孙，北京土话，上了岁数的爷们儿。冯小刚解释，《非诚勿扰 2》是挣扎在中年危机的苍孙们嬉皮笑脸为自己演唱的一首安魂曲。秦奋和香山看似热闹地活着，光鲜亮丽，人五人六，中流砥柱，其实内心的寂寞掉根针都能听得见。他们是我们这一代人的缩影，二十年前意气风发走进新时代，二十年后如梦方醒，定睛一看，才发现原来抓在手里的竟是一把十三不靠的烂牌。

【円族】円（音同圆）族，网购宅人与败金者。有段子详解：老公一上缴工资，我鼠标一点，就成了円人了；工资一发，我鼠标一点，又成円人了；信用卡刚还完，我鼠标一点，还是成円人了；我不是一个人在円，円族是个大集体，我们都是円族。円族最形象的原型是鼠标，最爱的女装是韩国 SZ，最爱的女鞋是百丽，最爱的笔记本是苹果，最给力的星座是白羊座。

【媚皮族】媚皮族（mappie）是“成熟的”（mature）、“富裕的”（affluent）、“开创性的”（pioneering）的首字母合成词，用于形容社会上正在崛起的一部分五六十岁仍然活跃的、追寻乐趣的人。媚皮族来源于瑞典一本“M 杂志”，该杂志宣扬到达 60 岁其实是进入一个新的生命周期，“我们先是嬉皮，后是雅皮，现在则是媚皮”。

【煎饼人】煎饼人是“门门通，门门松”的万金油式知道分子，他们不再将精力专注于某一个感兴趣的领域，而是力求在各个不同领域都至少获得一些基本操作知识，他们爱好浅阅读，极度依赖百度和谷歌，缺乏思辨力与想象力。他们的涉猎面铺得薄而大，但却没有厚而重的知识积淀。在信息时代，在几秒内获得稀缺信息的能力可能是社会发展积极的一面，但同时也会让人不愿深究某一主题及其下面掩盖的真相。愤青与愚众多出于此。

【BMW族】BMW族不是开宝马的族群，而是指以公共汽车（Bus）、地铁（Metro）、徒步（Walk）等方式上下班的上班族或不乘公共汽车（Bus）改骑自行车（Bicycle）的单车族。2011年年初，韩国一就业网站进行"2010年上班族流行语"调查，结果发现"BMW族"以43.1%居首。在中国台北，因经济不景气，也出现了一群有车但没钱开车，只能靠公交车、捷运、走路来出行的"BMW"一族。

【背黑族】"如果你说了什么不靠谱的傻话，我为你背黑锅，替你找回做人的尊严。"自从那一小撮别有用心的明星、名流常以微博被黑、账号被盗给自己骂脏话、曝隐私、炒新剧找台阶下后，有人还真就盯上了这门生意，以专替名人"背黑锅"为己任，专门代人受屈，跳出来声称为某事"负责"。"背黑族"甚至还专门制作了服务手册，价码面谈，可惜至今还没有人上这群"网络揩油族"的当。

【韭菜姑娘】女网民"海星砂"自填自唱，自嘲炒股赔掉嫁妆的一首《韭菜姑娘》网络走红：我有点小紧张，叫做韭菜姑娘，也许赚钱对我反而是奢望，被套我不敢谈，可怜赔掉嫁妆。我是韭菜姑娘，炒股路漫漫，不要蒙我骗我到天长，庄家不善良，假消息说得如同真相，我该怎么办，难道永远做韭菜姑娘？人们口中说的投资，其实像赌场，我难道没有不被收割的希望？我有点小紧张，叫做韭菜姑娘，也许赚钱对我反而是奢望……

【压二代】 网上流传一组“人生压力图”，这组漫画展示出一个人在现代社会各年龄段所面临的压力：人一出生，就面临奶粉安全问题；上了学，又要面对做不完的作业和沉重的升学压力；工作以后更被事业、买房、养家糊口等一座座大山压得透不过气来；到老了还得面临子女啃老，丧葬费用高昂等压力，着实是“从出生压到入土”。“你不是‘富二代’、‘官二代’？你爸也不是李刚？恭喜你，你和我一样，我们都是‘压二代’！”

【机男机女】 3岁的孩子成了“苹果控”；朋友聚餐，只顾各自埋头玩微博、上QQ；全家一人一台电脑，彼此整晚不说话；同事面对面懒得说话，却乐于用MSN聊天……在中国，被机器绑架的“机男”、“机女”一代正在风行。有专家提醒，虚拟社交是一把双刃剑，它容易挫败人们处理现实问题的能力，进而形成新的心理封闭。沉迷于虚拟社交，久而久之形成恶性循环，会让人更加封闭与压抑。机男、机女要小心得“虚拟社交强迫症”。

【党氏孤儿】“他们都姓党，每年的7月1日就是他们共同的生日。”7月1日，河北省廊坊市社会福利院，71名孤儿与当地妇联干部和社会志愿者同庆生日，唱红歌、颂党情、感党恩。院长张宝旺说，他们是党的孩子，这71个孩子中，最大的已上高中，最小的才几个月，在身有疾患、被父母遗弃的时候，是党和政府给了他们崭新的命运，是社会的温暖让他们拥有和其他孩子一样的快乐童年。

【听证专业户】 成都听证会有“四大金刚”：胡丽天（63岁、成都量具集团退休职工）、廖冰虹（自由职业者）、张见远、唐厚义。其中，胡丽天近7年里随机抽签参加过19次听证会，先后支持过涨水价、涨的士价、涨停车费、摇号购车等等，网友质疑其系“逢听必涨”的“听证会托儿”和“最牛群众演员”。成都市发改委回应，2010年之前不是抽签筛选代表，听证一次有200元报酬。

【iPod族】在“中国物价，猪说了算”的通胀时代，物价敏感人群由低收入群体向中等收入阶层扩展。原本属于“社会稳定器”的中等收入人群生活质量下降，不安全感加重，囊中羞涩的白领们自嘲是“iPod一族”，没有财务安全感（insecure）、压力大（pressured）、税负较重（overtaxed）和高债务（debt-ridden）。iPod族的抗通胀策略，一是要开源节流过低成本生活；二是要少存钱，多花钱，买房买车买金条，拥有固定资产。

【弃号族】北京“摇号购车”生产出一个副产品：弃号族（幸运中签却放弃购车的人）。弃号族所以弃号，一因全家上阵结果多在中签，二因购车成本（车位费、油价）飙升，三因提车周期过长，四因抢到号却还没想好要不要买车。有网友认为摇号购车是被动政策，治标不治本，首要的问题是搞好交通规划，多修路修好路。有网友则认为弃号族是捣蛋鬼，要求有惩罚性措施——两年内不得再次申请摇号。

【麻绳男】“麻绳男”时兴于日本情感畅销书，系指事业有成的男人，辛苦工作积累财富，可是却因工作压力对生活丧失了好奇心，就像熏完腊肉后的麻绳，一无是处。在日本，“麻绳男”多是退休男，他们退休后，不知该干什么，只能在家打发时光，让妻子伺候。《退休丈夫为什么如此令人讨厌?》作者西田小夜子说：“我丈夫退休了，他不知道该做什么，所以一天到晚待在家里。”没有多少业余爱好，缺乏生活情趣，也没有多少朋友，不能很好地照顾自己。

【打烊族】“打烊族”指的是趁超市打烊前去大采购的消费者，因为超市打烊那会儿，许多过夜即会变质的商品都会打折促销，消费者可省下不少钱。在通胀时代，趁打烊时消费也是低成本生活指南之一。有资深“打烊族”分享心得：晚7点，扑蔬菜、水果区，青椒、韭菜、黄瓜、豇豆多会买一送一；晚9点扑面包区，买一送一，相当划算。

【尼特族】尼特族(NEET-Not currently engaged in Education, Employment or Training)，指一些不读书、不就业、不进修、不参加就业辅导终日无所事事的“族群”，也被认为是英伦骚乱事件始作俑者。尼特族是世界性社会问题，香港人称之为双失青年(失学失业青年)，中国内地称之为啃老族，美国人称之为归巢族(boomerang kids)。

【反淘宝联盟】反淘宝联盟，最早系网购者反淘宝网购欺诈、不诚信行为的松散型组织，10月11日，因淘宝商城针对中小卖家大涨服务费引发不满，演化为“暴动”型维权组织。10月11日，近5万小卖家集结YY语音，对七格格、优衣库等淘宝商城大卖家实施“拍商品、给差评、拒付款”的恶意冲击，致其几近瘫痪。最后，马云出台5项新政以缓和局势。此后，反淘宝联盟再度转战支付宝。此次网络大战不亚于“QQ大战360”。商务部提醒各方须理性。

【耍贱男】耍贱男，以《失恋33天》王小贱为代表，幽默、聪明、常常不惜耍贱博得女人欢心。耍贱男的特征是毒舌、臭屁、花心、爱无条件埋单、爱说我控制不了我的睾丸素。做耍贱男要放得下男子汉尊严，要有幽默细胞，不能太蠢，要反应快嘴巴毒，骨子里得揣一颗柔软、善良的心。猛男、硬男、肌肉男通常神经粗条，不温柔不细腻。居家男虽逆来顺受，但没个性。耍贱男虽没猛男壮硕，但兼具居家男温柔。

【起床特困生】起床特困生，每天都要跟起床作艰难斗争，闹钟响后，无数次启动贪睡——再响——小睡模式，告诫自己这是最后一次，然后艰难起床或是继续睡的人。他们说“我们之所以一事无成，最根本的原因是晚上下不了线，早上起不来床”。有考据癖找出专治赖床的三种起床法：尿钟法（提前喝水到点憋醒）、心理压力法（把闹钟放远或放三四个闹钟）和巴甫洛夫起床法（提前做多次起床试验，培养条件反射）。

【房闹】房闹，指在房价峰值期间入市的购房者因对新开或新推盘价格低于其购房时的价格心生不满，而集体针对地产开发商闹事，要求退房或是补差价的行为。极少数开发商选择了妥协，有论者认为，“涨了就乐，跌了就闹”违背了契约精神，有律师认为，高价入市有风险，因降价求退房是“无赖行径”。广义上来说，房闹还包括因房价暴涨抢不到房、房价与宣传不符、房屋出现质量问题而闹者，其共同点均是为了利益和权益而闹，都是系在中国房市上的一只蚂蚱。

悬浮视察（详见 P100）

生活

【尿点】《让子弹飞》被传为是一部132分钟“只有笑点，没有尿点”的神作。这年头，能看上一部没有尿点、睡点、憋坏膀胱不负责，不是躺着、跪着而是站着赚钱的国产片挺不容易。“当你坐在影院里突然内急怎么办？你可能会犹豫不决，离开上洗手间或许会错过精彩场景，但又实在憋不住撑到电影结束。让我来帮你解决这一难题。”美国“跑去尿尿”（www.RunPee.com)电影网站就挺能替影迷着想，它列出了每部电影中最佳的上厕所时间，堪称观影“尿不湿”。

【发票奴】富单位里，报销发票是一种额外福利；穷单位里，报销发票是一份额外负担。年关将近，许多白领被逼成为“发票奴”，他们费尽心机四处“搜刮讨要”发票，以便去财务部门冲账获得年终奖。有公司每月或每年以“合理避税”发工资为名，要求员工拿通信费、交通费、培训费、旅游费、健身费发票报销。有税务专家称，员工报销发票是把“双刃剑”，表面上看省了个税，弄得不好以后会在劳资纠纷中吃大亏。

【奶粉哥】当下最红的不是“春哥”“曾哥”，而是“奶粉哥”。一名来自湖南郴州市的“奶粉哥”称因妻子怀孕担心奶粉不安全，而用各种雷人吃法替宝宝试吃奶粉。网帖“叫我蛋疼的奶粉生涯”描述：他吃遍海内外各大品牌精装、散装奶粉，干吃、奶粉+米饭泡水、奶粉+咖啡+苹果、水果奶粉沙拉，吃得身上一股奶牛味，甚至胸部有发育迹象。有网友赞其是好丈夫，有网友怀疑其系一奶粉品牌借食品安全玩炒作。

【微笑抑郁】 因工作、面子、礼节需要，部分行业人士刻意掩饰情绪，强颜欢笑，同时却心情低落，甚至处于抑郁状态。微笑抑郁患者以服务业、公关业等窗口行业人群为主。脑科专家称，微笑抑郁可能属于一种内因性轻型情感疾患。此类患者由于就诊时多以躯体主诉为主，从而掩饰了精神方面的表现，故学名称之为“隐匿性抑郁症”。此类患者最好在家属、好友陪伴下，多参加文体活动、短期参观、旅游。

【送礼焦虑症】 春节的功能似乎只剩下两样：一与亲友团聚，二是“求神拜佛”经营社会关系。这礼，送还是不送？送轻还是送重？送他还是送他？送到家还是送到人？一连串难题令许多人心力交瘁，出现紧张、不安、情绪低落、失眠多梦，严重的甚至还可能产生注意力难集中、易激动、食欲不振等症状。送礼焦虑症多发于内向型、道德价值评价高、过于在意别人评价的人群。

【北京镑】 英国《每日邮报》基于“英镑”造新词“北京镑”，意指奢侈品消费力全球第一的中国人。2010 年圣诞节，中国客在英花掉约 10 亿英镑 （约合 112 亿元人民币）购物。在伦敦各大百货公司中国人人头攒动，狂抢巴宝莉夹克、薇薇安・韦斯特伍德连衣裙、斯特拉・麦卡特尼连衣裙、玛百莉手包、亚历山大・麦昆高跟鞋，英国奢侈品市场 30%的份额由中国人贡献，紧随其后的是俄罗斯人、阿拉伯人和日本人。

【厕所女神】 2010 年 12 月 31 日，日本迎新年传统节目“红白歌会”上，沉寂 6 年的女歌手植村花菜的一曲《厕所女神》讲述了一个平淡而温情的家庭故事：“小时候与奶奶住在一起，但就是不喜欢打扫卫生间，奶奶说，厕所中住着一位美丽的女神，所以开始喜欢上了打扫卫生间”，“长大了，开始和奶奶吵架，彼此之间没有了五子棋和鸭肉面”，“在看望她后的第二天，奶奶与世长辞”……此歌传至中国，被封年度最感人金曲，不少网友直呼“每听必哭”。

【群体依赖症】群体依赖症，一种非组团不做事的病征，人群以团奴为甚。吃饭要组团，上厕所要组团，购物要组团，考研要组团，找工作要组团，谈恋爱要组团，看病要组团，理发要组团，购物要组团，跑步要组团，泡温泉要组团，学英语要组团，留学要组团，旅游要组团……群体依赖症病症严重者通常“不组团就没劲做事”，他们已然无法独立，需要靠集体行动才能成事。

【丹丹体】一晚，@宋丹丹嫌@潘石屹在长安街南边的建外SOHO盖得丑：潘总，我就是个演员没多少钱，我请你喝拉菲，别再盖楼了，真的，求你了！此句式迅速被网友戏仿：国足，我就是个球迷，没多少钱到现场看你们比赛，我请你们吃六味地黄丸，别再伤我了，真的，求你了！/ 城管，我就是个小贩，没多少钱，我请吃烤肉串，别再打我了，真的，求你了！/妹子，我就是个打工的，没多少钱，我送你婚戒，别再拖延婚期了，真的，求你了！

【隔代结婚】北京对外经济贸易大学国际房地产研究中心主任梁蓓发表一番雷人的“隔代结婚论”：“上海是全世界的上海，上海的房价应该和国际接轨，不应以‘80后’的承受能力为标准。我觉得‘80后’男孩子如果买不起房子，‘80后’女孩子可以嫁给40岁的男人。‘80后’的男人如果有条件了，到40岁再娶20岁的女孩子也是不错的选择。”有网友笑语：“各位童鞋，我们现在要和女同学搞好关系，因为将来不一定是谁会成为我们的丈母娘！”

【三行情书】三行情书，是指以某事物为主题，60字内、排列成三句的诗歌，兴起于1994年至2005年间，日本汉字协会为推广汉字教育而发起的一项诗歌写作运动，而后盛行于中国。例如：跟着我，不喜欢吗？如果不喜欢那我就跟着你走。/你那些恶作剧，我是故意中招的，因为想见到你的笑颜。/妻啊，虽然开不了口说爱，但不准比我先死。/如果你在天堂遇见我，请装作不认识我的样子，因为下一次也想由我向你求婚。

【咆哮体】“咆哮体”起源于“沪江法语”网友贴出的一篇“学法语的人你伤不起啊！”帖子。标准格式为“××× 的人你伤不起啊！！！××× 啊，有木有！！！××× 尼玛，有木有！！！”每句外加大量“啊”“为什么”及五个以上感叹号收尾，类似利用文字飙高音，便能起到马景涛在偶像剧中的“咆哮”效果。其中王菲、王力宏均跟风创作，其经典版本有IT版、记者版、编辑版、医生版、飞行员版、会计版等等。

【宅病毒】大部分“宅男宅女”长期宅居寝室及家中，仅通过电脑与外界保持联系，甚至形成网络依赖，转化为“宅病毒”。其中，大学生及蜗居白领是“宅病毒”易患群体。“宅病毒”危害主要有：视力减退、颈椎病、消化系统疾患、下肢静脉曲张、肥胖、社交恐惧症。

【恐艾症】艾滋病恐惧症（获得性免疫功能缺陷综合恐惧症），俗称恐艾症，多发于有高危性行为人群，他们有淋巴肿胀、皮下出血、舌苔生绒毛等类似艾滋病症状，但“无明显器质性病变”，是“艾滋病阴性感染者”，因对艾滋病怀强烈恐惧而产生焦虑、抑郁、强迫、疑病等多种心理症状和行为异常等心理障碍。卫生部新闻发言人邓海华辟谣，“阴性艾滋病”在网上炒了好几年，只是恐艾症状，根本没什么新的未知病毒。

【代扫墓】2011年清明节，广东、广西、上海、北京、福州等地，有人上网叫卖"代客扫墓"生意：300-1000元，提供代客扫墓一条龙服务——清扫、描字、敬香、上供、披麻戴孝、敲锣打鼓等，磕头跪拜另加100元/次，有录像、相片为证，服务对象：远在海外或行动不便者。据说，代客扫墓最早做的是台湾人生意，有些专业扫墓人帮他们打理先人在大陆的墓园，一年能赚4万元。

【辐射菠】日本福岛核电危机后遗症影响中国。4月初，北京、天津和河南菠菜，江苏莴苣叶，广东莙荙菜先后查出极微量放射性碘-131，这些蔬菜的特点是露天种植、大叶、绒毛多、易吸附污染物，专家表示，吃2000多公斤"辐射菜"才相当于拍一次胸片的辐射量，辐射剂量极微、多集中在叶表，用清水清洗三次即可清除，对人体无大碍，市民不必恐慌。

【宝黛体】"咆哮体"后，"宝黛体"走红，供网民排解憋闷，"微博认证版"：宝玉便走近黛玉身边坐下，又细细打量一番，因问："妹妹可曾开博客？"黛玉道："不曾开，只上过一年饭否，用了几日新浪微博。"宝玉又道："妹妹ID是哪几个字？"黛玉便说了。又道："可也有V没有？"黛玉便忖度着因他有V，故问我有也无，因答道："我没有那个，想来加V是件罕事，岂能人人有V的。"另有GRE版、油价版、农家乐版等。

【龅牙哥】教室里，一位眼镜男，微举左手，微笑着露出一口整齐洁白的牙齿，他的身后，一位男生茫然望着某处——这样一张充满喜感的照片，引发"龅牙哥""茫然弟"PS恶搞风潮，并传出"自杀"谣言。事实上，喜感照拍摄于七年前，"龅牙哥"张勇、"茫然弟"余朕哲现在是杭州高校的大三学生，张勇认为现在网民恶搞成疯，是因压力过大、笑点过低、生活太寂寞。

【闪休】5月2日，“五一”小长假的最后一天，上海一家公司要求所有员工加班，为让员工补休这一天，该公司出台“休假新政”：将这一天的8小时工作时间，精算成480分钟，再分摊到全年250个工作日，让员工每天提早2分钟下班以充当补休。老板说这是借鉴日企资生堂的做法，资生堂澄清，该企业并无此套“肢解假期”方案。上海公司职员则担忧端午节时闪休“悲剧”重演。

【等过了2012再说】“等过了2012再说”网络造句热是一种典型的末日心态，其表现主要有：生孩子？等过了2012再说，现在自然灾害那么多，有了孩子后才觉得可怕。/劝大家有钱别买房，等过了2012再说。/日本地震大家别幸灾乐祸了，等过了2012再说。/赶紧好好玩儿，痛快地活着，有什么事，等过了2012再说。/找个妞谈靠谱的恋爱，2013年1月4日结婚，哎，还是等过了2012再说。/戒烟这事，想想还是等过了2012再说……

【轻博客】微博是报纸，轻博客是杂志，博客是书。轻博客（light blogging）起源于2006年，2007年年初雏形初现，它是一种介于博客和微博之间的网络服务，同样为用户提供生成内容表达自己的平台。博客倾向于表达，微博更倾向于社交和传播。轻博客吸收双方优势，从而吸引一群特立独行、有自己兴趣和判断的用户。目前，国内轻博客网站有前盛大边锋总裁许朝军创办的点点网、盛大网络富微博社区“推他”、新浪轻博客以及人人网推出的轻博客社区“人人小站”。

【变态娘】7月初，武汉妈妈“大熊猫”发帖《女儿小升初，我被逼成“变态娘”》：舍不得吃舍不得穿，却舍得拿大把钞票送给培优机构；孩子上学我们工作、孩子培优我们作陪，节假日不属于孩子、家长；眼睛盯的是考试成绩，耳朵听的是各路小道消息，鼻子还要灵敏嗅出暗流涌动的培优市场优劣，口口谈论的都是奥数；甚至认为“爱她就是害她，心疼她就是狠心，总不能为了一个快乐的童年就失去美好的未来吧？”许多“变态娘”“变态爹”随后表达了对中国教育环境的愤懑与无奈。

【房岸线】 填海成本每亩20万元，之后上千万元卖给开发商，开发商再以“海景房”为卖点，每平方米几万元卖给购房户——在国家勒紧18亿亩耕地红线、加大楼市调控力度的大背景下，部分沿海城市出现一股开发商“填海建房热”，美丽的海岸线兀然耸立成一条“房岸线”。有评论认为，“海景房”过度开发，不仅加剧了房价调控难度，也潜伏着永久破坏生态、增加防灾压力、危及地区可持续发展等深层矛盾。

【杜康基因】 复旦大学现代人类学实验室一项最新研究表明：七成汉族人体内存在“杜康基因”——乙醇脱氢酶-1B（ADH1B）的第七型变种，这种酶有助于加快乙醇分解速度约13倍，同时能够分解与乙醇结构类似的存在于酒精中的毒素。这意味着，相比于欧美人群，中国汉族人群具有更多化解酒精毒素的能力。但这并不意味着中国人就比欧美人更能喝酒，只是受到的伤害要少许多。研究者提醒，即使体内有“杜康基因”仍会酒精中毒，喝酒脸红是中毒征兆。

【洗鼻指数】 8月，上海气象局全国首创发布“鼻腔清洗指数”——根据天气状况，提醒市民空气污染时要多多清洗鼻腔，以避免呼吸道疾病。该指数推出后，不少医学专家提出质疑，认为人为规定洗鼻次数的提议缺乏科学依据。有市民质疑该指数推出与某鼻腔清洗液有关，上海气象官员称，“这是一个纯公益性服务项目，绝对不

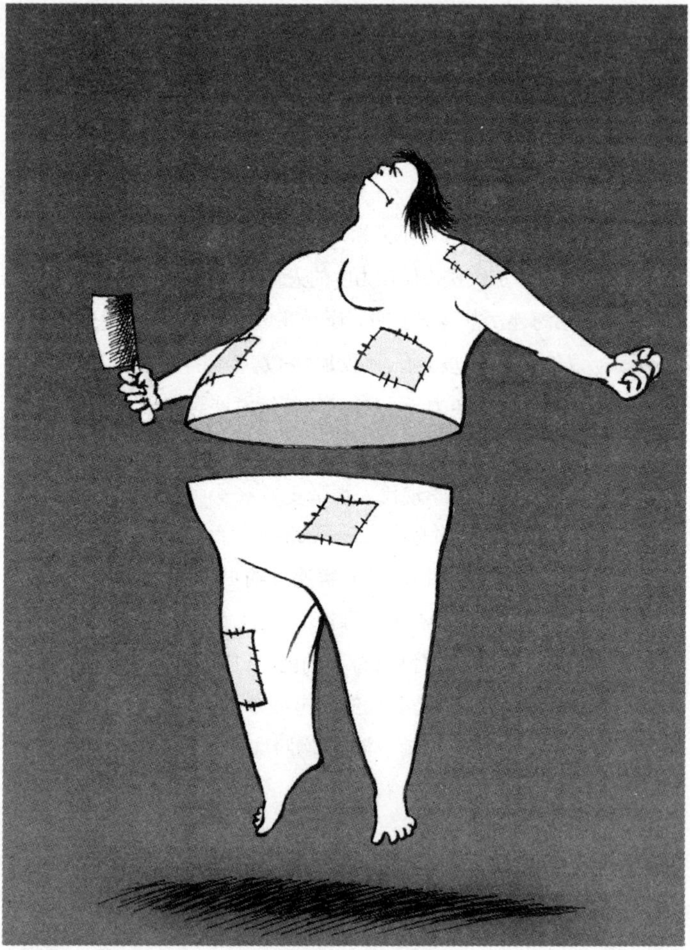

剖腹自医（详见 P99）

存在商业利益”。“洗鼻指数”因饱受争议暂时叫停。

【蓝精灵体】 继“淘宝体”和“凡客体”后，“蓝精灵体”火了，这一切归功于《蓝精灵》电影的上映。主题曲《蓝精灵之歌》：“在那山的那边海的那边有一群蓝精灵……”引发“70后”、“80后”的集体怀旧潮。有网友借机将歌曲改写成程序版、会计版、记者版、白领版、护士版、投行版、房奴版、医生版、教师版、导游版、HR版等各种“蓝精灵体”吐槽减压。

【压力上瘾症】 以下十居其六，表明你已患压力上瘾症：1. 每天像上紧发条的时钟忙不停；2. 每天日程精确到小时；3. 一停止工作便觉得无所适从；4. 总在报名参加各种学习班；5. 无所事事就会觉得有罪恶感；6. 一旦爱人提议旅行，你总会说“过一阵再说吧”；7. 工作起来不开心，可不工作会更不开心；8. 总觉身处竞技场，压力山大；9. 总是忐忑不安；10. 对许多事物无好感，有时讨厌工作、讨厌朋友、讨厌自己。

【撞脸】 自从有了韩国整容术之后，女明星的辨识度越来越低，“撞脸”的几率大过“撞衫”，有人甚至感慨“明星撞脸，亲娘都难认啊”。以下是网民所列撞脸清单：妮娜·杜波夫与维多利亚·嘉蒂丝、鲁伯特·弗兰德与奥兰多·布鲁姆、海瑟·格拉汉姆与詹玛·梅斯、马克·达蒙与巴拉克、阿曼达·塞弗里德与嘉玛·沃德、瑞秋·麦克亚当斯与玛丽·路易斯－帕克、童谣与章子怡、白冰与金喜善……

【拥挤度】 9月5日起，北京地铁公司在八通线通州北苑站试点公布早高峰列车拥挤度情况，以在站内即时动态张贴通告的形式提示乘客错峰出行。通告称，早高峰时段土桥站往四惠站方向列车拥挤度：6点半到7点、8点半到9点、9点到9点半三时段：一般；7点到7点半：拥挤；7点半到8点、8点到8点半两时段：非常拥挤。网帖《北京地铁生存手册》《地铁挤车秘笈》提醒乘客“要和站台维持秩序的老大爷搞好关系，关键时刻他会助你一臂之力”。

【断电体】断电体兴起于一条调侃智能手机电池续航能力弱的微博：“说手机费电完全是谣传。以我为例，现在用来发状态的 Android 手机满电，保守估i。”这条内涵帖又衍生出另一段子：“列车上乘客都低头摆弄着手机。渐渐地有一部分乘客放下手机，满怀惆怅地望向窗外：他们是 iPhone 用户，手机没电了。列车又过了几站，又有一部分乘客放下手机，满怀惆怅地望向窗外：他们是 Android 用户，他们第二块电池也用完了。突然打雷车停了，部分乘客举起手中的诺基亚砸开了车窗，他们得救了。”

【手机红名单】广州的杨先生不堪垃圾信息袭扰，将手机运营商告上法庭，官司没赢却有意外收获。手机运营商律师安慰他：“运营商已将原告列入一份红名单，通知全体代理商不得再向他电话推销、发送广告短信，确保不受任何信息干扰。红名单基本都是省、市领导级别的人，原告能受此等待遇，可见我们的诚意！”免骚扰“红名单”看似荒唐，实则暴露出中国社会普遍存在的特权与特供之祸。

【琼瑶安慰体】TVB 体后，琼瑶安慰体流行。琼瑶安慰体讲究语言删简就繁，宁滥毋缺，能绕三道弯儿的决不只绕两道半，能用复句结构的决不用单一结构，能用反问句的决不用陈述句，能用排比句的决不用单句，能哭着说喊着说的决不好好说。例句：“爱情就是：我爱你，我的心爱你，我的身爱你，我的嘴爱你，我的眼爱你，我的鼻子爱你，我的腿爱你，我的脚爱你，我的全身的每个器官都爱你。我是真的真的真真正正清清楚楚明明白白地爱你”。

【小股民之歌】中国股民可能是世界最有才华的股民，请听改编自蓝精灵的《小股民之歌》："在那山的那边海的那边，有一群小股民，他们辛勤又努力，他们选股又割肉，他们不论何时上班下班都在看信息，他们偶尔还要拿跳水冠军。噢～苦B的小股民，噢～可怜的小股民，他们齐心合力开动脑筋躲过了一个庄，最终还是沦陷黑色星期一……"今年以来，股市跌跌不休，新股破发潮汹涌，而IPO融资、大小非减持、高管辞职套现等则持续不断。愤懑股民只能通过编顺口溜、写股歌，发泄不快。

【诗词混搭体】网民用唐诗宋词恶搞自身职业或某种处境。经典版：千古兴亡多少事，只因满朝写稿子。举头望明月，低头写稿子。少壮不努力，老大写稿子。君当作磐石，我愿写稿子。在天愿作比翼鸟，在地愿意写稿子。春眠不觉晓，处处写稿子。

【青年体】青年体，流行网络间"普通青年VS文艺青年VS 2B青年"的格式，通常以爆笑对比图呈现。案例：普通青年用iPhone，文艺青年用索爱，技术青年用黑莓，"富二代"青年用Vertu，白领青年用HTC，2B青年用三星，外来工青年用摩托罗拉，农民青年用诺基亚。

【唤醒体】12月，《女子遇车祸成植物人，家人喊三缺一将其唤醒》报道：44岁的江西女子淦雪梅因遇车祸昏迷两个月。在医生建议下，家人每天坚持对爱打麻将的她喊：雪梅，起床打麻将哦，三缺一，你快来呀。20 多天后，淦雪梅奇迹般地醒了！一股“唤醒体”造句热兴起，网民借机吐槽职业艰辛，例句：搜狐编辑陈某遭遇车祸成植物人，医生说活下来希望只有万分之一，唤醒更为渺茫。他的 Leader 和亲人没放弃，他们根据陈某视工作如命的作风，每天都在他身边念：“新浪又出错啦！”奇迹发生，陈醒来，第一句话：截屏了么？

【9034 现象】 台湾“经建会”预计，1990 年以后出生的年轻人，将有三成没孩子，四成没孙子，简称“9034”现象。受急速“少子化”的影响，台湾人口结构改变，老化速度全球第一，最快在 22 年后超越日本成为全球最“老”的地区，较原先预测提前 7 年。台湾“少子化”现象带来一系列社会问题，如妇产科医师因接生减少而转向医疗美容，私立学校因招不到生源而缩减等。

【蹉跎体】 因醉驾关半年的高晓松出狱，发了条微博：“11 月 8 日，立冬，期满，归。184 天，最长的半年。大家都好吗？外面蹉跎吗？”网民纷纷作“报告晓松老师”——这半年：拉登被毙了；乔帮主去世了，没有爱疯 5；凤姐移民了，芙蓉 85 斤了；锋芝还是离了，冠希老师在准备新作品；城管依旧威武，国足还是老样子；老人还是不敢扶，动车的事也没回复；我们都还好，就是没船票……

【中英穿越体】 中英穿越体，是将中文和英文穿越式组合的混搭模式。例句：众里寻他千百度，蓦然回首，Hey, how do you do. 人生得意须尽欢，be a man, use your hand. 问君能有几多愁，as a boy without a girl. 问世间情为何物，what the fuck can I do. 争渡，争渡，惊起一滩鸥鹭，who and who? 江山如此多娇，you are so small；惜秦皇汉武，too simple；唐宗宋祖，sometime naive. 一代天骄,成吉思汗, can't play football. 俱往矣,数风流人物, die all.

【初老症】初老症源于台湾偶像剧《我可能不会爱你》,特指30岁就“老了”的人——因工作压力及生活紧张,生理衰退,暮气沉沉。症状有:越近的事越容易忘记,越久以前的事反而越是记得。认识新朋友的速度与几率逐渐钝化。越来越不喜欢改变已经习惯的习惯。以前糟蹋身体,现在被身体糟蹋。对于Rap一点好感都没有。一堆人喊你XX姐、XX哥,而你很想叫他们闭嘴。讨厌过生日。在不好意思和多争取就会赚的两者间,渐渐倒向了后者。

【小明汉语听力】为了考晕学汉语的老外以报自己学英语之仇,有网友自创一套《小明汉语听力》考试题,并分四级、六级、八级、十级。试题:“小明,窗台上落了鸟屎,去擦一下好么?”“我擦!!我不擦!!”——问:小明擦不擦窗台?/“小明,昨天下午你抱着的是谁啊?你女朋友吧?”“你妹!!!我妹!!”——问:小明抱着的是谁?/“小明,你能不能不靠在我身上?”“我靠,我不靠!”——问:小明到底靠不靠?

【情感操控】情感操控,心理虐待的一种,以感情为武器操控别人的行为而达到自己目的的一种行为,他们内心极端自卑而表现出强烈的控制欲。其经典语录有:我不好过,我也不让你好过。/你说你头痛?你知道吗?我有脑癌!/我这么帮你,你要拿什么回报我?/千错万错,不是我的错!/你看你,怎么那么胖啊……你生什么气啊,我开玩笑的。/不管你怎么做,你都对不起我。/你如果爱我,就明白我的意思。/我根本没说过那种话……是你说的!

2012

62%/屌丝/理性爱国/市民高度/休假式治疗/情绪稳定/戴表哥/适度腐败/中国人民的老朋友/约架/3SB/送石男/肉灵芝/齐B小短裙/道德档案/我能说脏话吗?

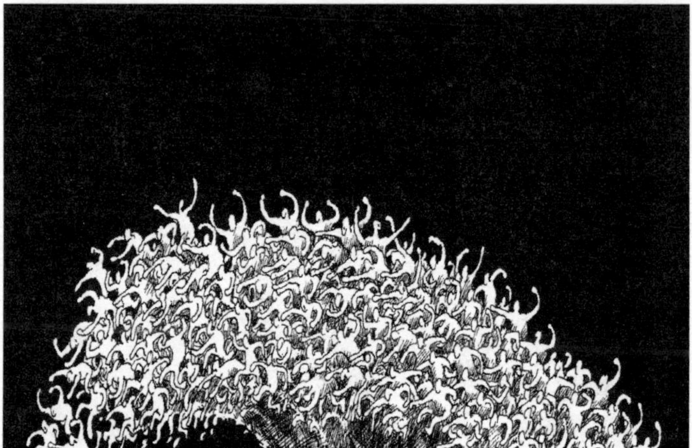

微

年度词：微

见微知著——微博：中国人在上帝赐予的最好礼物里观风测雨、左右激辩、鉴表反腐、传递真相、凝聚共识。

造微入妙——微信：祖国的陌生人在社交新媒体里"摇"、"刷"人际交互、情欲焦灼。

积微成著——微公益：民间NGO以星星之火点燃中国爱心，活化社会肌体，积极传播正能量。

微言大义——北京市民在暴雨中呼喊，152名农民工奔赴京港澳高速救出200名被淹者："我们不要钱，我们是来救人的"；"最美女教师"张丽莉："不要把我当英雄，这只是我的本能。"

身微力薄——屌丝：上升乏力、集体焦虑的草根底层，其最可预期的幸福是未来的国民收入倍增计划。

微是你我，是每一个推动社会进步的微小分子，是每一个被打捞上岸不再沉没的中国声音，是每一个能被看见、能被听见的人。

2012 中国年度字：**梦 / 衡**（国内字 / 国际字）

钓鱼岛 / 选举（国内词 / 国际词）

（来源：中国国家语言资源监测与研究中心网络媒体语言分中心、商务印书馆、新浪网）

2012 年度汉字：**乱**

（来源：天涯社区）

2012 海峡两岸年度汉字：**平**

（来源：台湾《旺报》、《厦门商报》、新浪网）

2012 台湾地区年度代表字：**忧**

（末日预言、国际形势、欧债危机、贫富差距、薪资倒退、物价上扬、朝野族群对立、台湾竞争力落后）

（来源：远东集团徐元智先生纪念基金会、《联合报》）

2012 日本年度世态汉字：**金**

（千年一遇金环日食、日代表团伦敦奥运夺金、东京“天空树”开业、金价上涨）

（来源：日本汉字能力鉴定协会）

2012 新加坡年度汉字：**色**

（高官涉嫌性贿赂、网上嫖雏妓案、大学副教授被控接受女学生性贿赂、国大法律系学生公开性照等）

（来源：《联合早报》）

热词

【屌丝】屌丝，源于百度“李毅吧”球迷阿Q式的自嘲，屌丝是“苦B青年”，其参照系是“高富帅”，他们认为自己“穷臭矮”，没钱，没背景，没未来，身份卑微，生活平庸，感情空虚。在“高富帅”面前只有跪的命，鼓足勇气跟“女神”搭讪，只换来一句“呵呵”。屌丝眼中的社会等级是这样的：暴发户＞高帅富＞白富美＞女神＞粉木耳/黑木耳＞女屌丝＞失足＞男屌丝。他们渴望获得社会的认可，但又不知道该怎么去做，生活没有目标，缺乏热情，不满于无聊的生活但又不知道该做点什么。在一个成功型社会里，每个人内心其实都有屌丝的一面。

【复兴62%】释义：中华民族已完成62%的复兴任务！溯源：国家发改委社会发展研究所所长杨宜勇发布《中华民族伟大复兴进程监测评价指标体系构建及其监测》成果：2010年民族复兴指数为0.6274，已完成62%的复兴任务。网友解题：“发现了砖家的计算方法！2049年10月1日，是复兴圆满完成之日：1949.10.1至2049.10.1，总共36525天。今年国庆节2012.10.1，是新中国成立后的第22919天。22919/36525=0.6274！就这么一道小学生的算术题，用得着搞得这么玄乎吗？”类似的脑残数据唾手可得。例句：七八年没犯胃病了，昨夜疼了一夜，遵医嘱吃了药、喝热粥，好了62%。

【市民高度】释义：××市民高度肯定政府工作。溯源：北京“7·21”特大暴雨灾害死了70多人，北京防汛指挥部总工程师刘洪伟称："预报非常准，预警非常及时，预案执行非常到位。"北京卫视报道："北京市民高度肯定这次暴雨中北京政府的应对工作。"网民跟帖："新闻播出后，群众纷纷发起寻人行动，希望找到这位幽默的北京市民。高度兄，出来走两步？" 例句：本年度 12 名好市民：市民踊跃、市民高度、市民积极、市民大力、市民热烈、市民认可、市民慷慨、市民赞成、市民自愿、市民及时、市民强烈、市民纷纷。

【情绪稳定】中国社会事件官方标准通稿："事故发生后，当地迅速启动应急预案，展开救援、善后处理等工作。某书记、某市长高度重视并作出明确指示，第一时间赶赴现场，指导事故处理及善后工作。目前，死者家属情绪稳定，伤员救治等相关善后工作正在有序推进，当地社会稳定。" 2006 年起，从动车事故、食品安全事故到校车事故，概莫能外。"情绪稳定"一词成为地方政府善后工作中自我表扬的第一利器。有论者评价："一个不会愤怒的民族，将注定承受更多的悲伤。"

【维修性拆除】1931 年至 1937 年间，北京市东城区北总布胡同 3 号四合院（现 24 号院）曾为梁思成、林徽因夫妇租住。这座被国家文物局认定为"不可移动的文物"，门楼及西厢房在 2009 年被施工队拆除，后叫停。2012 年 1 月 27 日，华润集团富恒房地产开发公司（建设单位）称故居房屋陈旧、几经翻建、无人居住、易出险情，进行了"维修性拆除"。北京市文物局局长孔繁峙称，这是北京近年来最恶劣的文物拆毁事件，公安机关已介入调查，已责令建设单位按原状进行恢复。

【休假式治疗】2 月 8 日，重庆市人民政府新闻办公室通过微博发布消息：据悉，王立军副市长因长期超负荷工作，精神高度紧张，身体严重不适，经同意，现正在接受休假式的治疗。9月17日至18日，王立军涉嫌徇私枉法、叛逃、滥用职权、受贿案在四川省成都市中级人民法院第一法庭依法开庭审理。9月24日，成都市中级人民法院对王立军案作出一审宣判，对王立军以徇私枉法罪判处有期徒刑七年；以叛逃罪判处有期徒刑二年，剥夺政治权利一年；以滥用职权罪判处有期徒刑二年；以受贿罪判处有期徒刑九年，数罪并罚，决定执行有期徒刑十五年，剥夺政治权利一年。

【侧滑】 释义：一种极具中国特色的事故解释。溯源：8月24日凌晨，哈尔滨市阳明滩大桥引桥"匝道侧滑"，4辆总重400吨的载重货车翻到桥下，致3死5伤。官方初步认为事故原因与货车超载有关。网友妙评：在中国最牛逼的事情是，一、车"超载"了，车胎没爆，桥塌了。二、出动万人，击毙一逃犯，数百人立功。花18亿元，塌一大桥，无一人负责。三、据说在中国能安全"过桥"的只有云南的"米线"了！例句：堵在立交桥下，突然想起了哈尔滨的"侧滑"，感到一阵恐惧，只盼快快畅通，别堵在桥下啊。

【戴表哥】 释义：不是代表哥，是戴表哥。溯源：8月26日凌晨，陕西省延安市境内包茂高速公路安塞段，一辆双层卧铺客车与一辆甲醇罐车追尾起火，36死3伤。赶至现场的陕西省安监局局长杨达才被拍到背手微笑，网民"人肉搜索"出他戴过价值约20万元的劳力士、豪雅、雷达、万宝龙表。他承认这十多年用合法收入买过5块表。随后，网友曝其至少拥有11块表，拆穿其谎言。他改口称一年工资收入十七八万元，爱与儿子互戴表。网评：蒙娜丽莎的忠告：我知你想笑，我知你会笑，但不可忘记，紧捂你的表。例句：不露皮带不露表，做官可以做到老。

【皮带哥】2012年年初，浙江瑞安市开"两会"，新当选的瑞安市市长李无文发言：岗位就是使命，信任就是责任。坚持执政为民。坚持清正廉洁，坚持把廉洁从政作为基本准则，以公生明，以廉生威，坦坦荡荡做人，踏踏实实做事，清清白白为官。结果，眼尖的网民很快在《瑞安日报》市政府新领导班子的大合影上发现，市长李无文、副市长陈荣臻和副市长冯金考清一色系着爱马仕皮带。随后召开的全国"两会"上，人大代表和政协委员的奢侈之风也成为媒体报道热点。在"表哥""皮带哥""皮鞋哥""房叔""车爷"频出的中国官场，舆论一再呼吁，让权力在阳光下运行，官员应彻底公开个人财产。

【元芳体】释义：一场犬儒主义狂欢与屌丝的嘴上风暴。溯源：一部陈年旧剧《神探狄仁杰》中，狄大人是个神通广大的先知，为了表示自己料事如神，他老是会在说出自己的答案前故意问一句副手李元芳："元芳，此事你怎么看？"李元芳总是会像个弱智的托儿一样回一句："大人，我觉得此事有蹊跷。""此事背后一定有一个天大的秘密。""元芳体"走红，在某种程度上反映了公众对社会现状的无奈与无力，只能借网络语言调侃和讽刺现实。例句：央视：元芳，你对幸福怎么看？元芳：我姓李。

【表叔厅长】释义：权力跨省新样本。溯源：云南《都市时报》本要刊登"福建'表叔厅长'来了"一文，捅出福建省交通厅厅长李德金"腕戴50000元雷达镶钻手表，腰系13000元皮带"，不料，已印报纸遭遇跨省撤版。有大学生申请公开"表叔厅长"工资。有网民盘点被"网络反腐"的官员——表叔厅长：福建交通厅厅长李德金；房叔：广州市番禺区城管分局政委蔡彬；表哥：陕西省安监局党组书记、局长杨达才；猥亵门：深圳市海事局党组书记、纪检组组长林嘉祥；日记门局长：广西烟草专卖局销售管理处处长韩峰；最牛团长夫妇：敦煌掌掴讲解员。例句：表叔，敢“脱光”（公开财产）了见人吗？

【江南style】释义：韩国鸟叔的鬼马风潮。溯源：7月时，韩国歌手“鸟叔”PSY发布一首《江南style》，“江南style”来自韩国俚语，指首尔一个象征着富裕与时尚的上流社会聚集的地区——江南区豪华奢靡的生活方式。体态臃肿的“鸟叔”在MV中大跳滑稽的骑马舞，一时引发病毒式传播，“小甜甜”布兰妮、汤姆·克鲁斯、安妮·海瑟薇等均大力推荐，各路明星、妈妈舞团不甘落伍，纷纷奋力狂跳。预计，骑马舞将在2012年年底的各大娱乐大典和公司年会中大放异彩，再现《忐忑》风潮。例句：妞儿，给大爷来个“江南style”，跳个骑马舞。

【航母style】释义：“辽宁舰”航母上指挥舰载机起飞的手势。溯源：11月25日，歼-15舰载机在中国首艘航母“辽宁舰”上成功起降，起飞指挥助理“下蹲屈身，凌空一指，示意飞机放下止动轮挡和偏流板，允许起飞”的帅气姿势，人称“航母style”“起飞style”、“走你”，这一姿势一时风行，引发山寨模仿热潮，大有盖过“江南style”之势。中国版“航母style”吸收了美、俄两大“流派”特点，极具中国特色。淘宝上，甚至出现了“航母style” 恐龙造型家居服和创意T恤。例句：哈大高铁通车，咱去车头摆个航母style！

【忍够体】2月1日，香港《苹果日报》出现一则由当地网民集资刊登的“香港人，忍够了”整版广告：你愿意香港每18分钟花100万元养育“双非”（父母均非香港永久居民）儿童吗？广告表达了港人忍受内地人抢奶粉、占教育资源之情，并呼吁港府修订基本法二十四条，阻止内地“双非”孕妇无限量进入香港。“忍够体”一时成为网络泄愤流行体。“忍够体”“内地人港铁进食”“香港仔围住内地客大唱蝗虫歌”、“孔庆东骂部分港人是狗”暴露出的是两地面临的一种融合困境。

【向钱葱】冲冲冲，向钱葱！自“蒜你狠”、“豆你玩”、“姜你军”、“糖高宗”、“苹什么”、“油你涨”、“辣翻天”之后，大葱也冲上了天，有市民称，10 块钱只能买到两根大葱，大葱涨价后甚至贵过肉禽和鸡蛋，济南市民李大妈说：“以后大葱炒鸡蛋得少放点大葱多放点鸡蛋，鸡蛋炒大葱得了。”媒体调查发现，“向钱葱”的成因是天气寒冷致山东等主产地减产，流通环节层层加价，个别经销商囤源炒作。有观察者呼吁，葱价暴涨是一个值得警惕的信号，它表明，尽管这几年政府加强了对物价的管理和干预，但经济结构中的深层次矛盾仍未解决。

【总理房价】2012 年全国“两会”，温家宝总理答记者问时表示：合理的房价，应该是房价与居民收入相适应，与成本和合理的利润相匹配。博友“国房部”立即列出一则“总理房价”计算公式：全年城市居民人均可支配收入 × 家庭构成人口（按 2 个人计算）× 合理的房价收入比 /90 ㎡（小户型分界线）。得出：北京 4387 元 / 平方米；上海 4831 元 / 平方米；广州 4573 元 / 平方米。南京、杭州有楼盘亦借机大打“总理房价”的促销广告。所谓的“总理价”，不过是房奴的一种美好期望，当不得真。

【炫贫】年初，湖南新邵县委、县人民政府在 LED 宣传屏上“热烈祝贺”其被纳入国家“集中连片特困地区”，成为“新时期国家扶贫攻坚的主战场”，引起舆论一片哗然。在现实中，各类“贫困”帽子已成为地方谋求发展的金字招牌，因为只要一戴上“贫困帽”，当地就会获得国家上亿元的扶贫资金和各种优惠政策，所谓“会哭的孩子有奶吃”。十年前，邵阳县为庆祝成为“国家扶贫开发重点县”，全城放鞭炮，竟致烟花爆竹脱销。对此，国务院扶贫办主任范小建表示：不能把“争穷”当政绩，不能老躺在国家扶贫重点县里，自己不努力，在那里等靠要。

【道德档案】今年全国“两会”，全国政协委员、中国电力国际有限公司董事长李小琳有一建议，给每个公民建立道德档案，“以此来约束大家，每个人都要‘知耻’”。有评论称，在一个时刻谈论传统道德的国家，建道德档案的确非常应景，只不过，希望有觉悟的领导走在群众前面，发扬敢为人先的精神，率先建立道德档案。如果一口气为全国人民建道德档案，工程浩大操作困难，我们有必要小心、谨慎，采取样本先行的方式。国家培养一个干部不容易，官员腐败往往是从失德开始的，建立官员道德档案，有利于使官员自律自省。如果可以，请领导先行，做出表率，让权力运行在阳光下。

【跨省逼迁】3月的一个早上，蔡克关来到位于深圳市福华路自己经营的邮政报刊亭准备开门做生意，却发现门锁被人用胶水和化学制品堵死，以致几天不能正常开门营业。原来，来自湖北省阳新县的蔡克关因老家拆迁补偿不合理拒签拆迁协议，阳新县便委派两名干部千里迢迢到深圳“逼迁”，谈判无果，便堵锁眼泄愤。在深圳警方协调下，两名干部投案自首，向蔡克关道歉并赔偿5000元损失。网友点评：“拆风催得官员醉，只把鹏城当阳新。”

【齐B小短裙】3月，号称是“中国第一制服美女”的模特周蕊在微博自曝“干爹”在“两会”期间抽空为其庆生。其中一条微博写道：“某小盆友说以后禁止我穿齐B小短裙。”下面配了一张黑丝袜粗大腿图，“齐B小短裙”因此大热。其后，周模特声明，男友是男友，干爹是

情绪稳定（详见 P180）

干爹，庆祝的是男友的生日。但“嫩模与干爹”的奇妙组合还是勾起了人们无尽联想。早前有一段子：“奢华，被达·芬奇毁了；故宫，被文盲毁了；慈善，被红十字会毁了；干爹，被郭美美毁了；股神，被郭美美她妈毁了。”如今，“干爹”被“干女儿”再毁一次。

【我能说脏话吗？】3月底，发改委再次上调油价，浙江嘉兴电视台的《今朝多看点》节目组扛着摄像机上街，问市民看法。街头一男大学生说：“我能说脏话吗？”记者：“你比较愤怒的是吧？”大学生继续说：“不能吗？那我就没话好说了。”然后转身离去。网友惊呼其为“油价哥”，认为他说出了自己内心的愤怒，有一种“憨直的萌”。随后，有记者在博鳌亚洲论坛上就“脏话门”一事提问中石化董事长傅成玉，他表示没听说过这事，承认油价上涨幅度比较大，并说私家车没能像农业、渔业、交通运输业、出租车业一样有国家补贴，非常理解大家的心情。

【杜甫很忙】2012年是中国诗圣杜甫诞辰1300周年，杜甫突然红了，有人以高中二年级语文人教版（必修三）《登高》一诗中他戴帽着袍一脸冷峻的插图为底本，进行涂鸦“再创作”，杜甫时而手提机枪，时而挥刀切瓜，时而身骑白马，时而脚踏摩托，时而忙着查案玩Cosplay……网友感叹“杜甫很忙”。河南省诗歌协会会长马新朝受不了了，大叫：“杜甫精神是我们民族的精神之光，我们决不允许抵毁杜甫形象！”他说，杜甫是1300年来，为数不多的为底层老百姓鼓与呼的伟大的诗人。“如果是有人恶搞杜甫，恶意丑化杜甫形象，说明他是无知的、浅薄的、低俗的”。

【毒胶囊】4月，中国的臭皮鞋们比杜甫还忙，“皮鞋上得了厅堂，下得了厨房，涉得了水塘，制得成果冻，酿得成酸奶，压得成胶囊。亲，想吃果冻，舔下皮鞋，想喝酸奶，舔下皮鞋，感冒要吃药，还是舔下皮鞋”。两只老虎的童谣也有了新唱法：“两只皮鞋，两只皮鞋，跑得快，跑得快，一只变成酸奶，一只变成胶囊，真奇怪，真奇怪！”中国不愧是文明古国，臭皮鞋居然可以化身为工业明胶，制成铬严重超标的毒胶囊，卫生部部长陈竺称：“对我们的药品，对企业家的诚信，对医药卫生事业还是要有信心。”唯一可以肯定的是，如果监管依旧乏力，法律依旧在打瞌睡，食品、药品安全事故一定会不断重演。

【坑爹扶贫】 4 月，网民周禄宝反映，甘肃省陇西县云田镇张家岔村干部为“扶贫”，强行把低保户低保金收走去买牛羊“发展养殖”。“一只小羊羔收取 800 元天价，一头小牛犊收取 3600 元天价，这明摆着是一件宰割穷人的缺德事。”如果低保户不听从，将可能被取消低保户资格。村里今年被列入基础母羊扩群对象的有 63 户，其中 54 户是低保户。张家岔村马家窑社社长赵明福说：“给低保户的原因就是你是低保户，你用了国家的钱，你就得把这个羊养了。”有论者称，这是一种新折腾，权力若认识不到自身的责任和使命，只是以个体利益和诉求存在，做起事来就会没有边界。

【温和上涨】 4 月，国家发改委副主任彭森在《求是》杂志撰文称，中国将长期面临“两个不可避免”：城市化进程加快对农副产品的需求将不断增加，价格上涨不可避免；劳动力工资和环境保护成本等上涨的趋势不可避免。不能简单地把物价上涨等同于通货膨胀。在经济转型、快速发展阶段，适度、温和的物价上涨不仅是难以避免的，也应是可以承受的，也是宏观政策可接受的。网民疾呼：什么时候我们的工资收入也能温和上涨一下？

【舌尖体】5月中旬，CCTV 在深夜播出 7 集《舌尖上的中国》美食纪录片，平实叙事，精到讲解，向大自然和中国美食酸菜水饺、西湖醋鱼、汽锅鸡……一一致敬，一时勾起无数吃货思念家乡的味道，并引发了淘宝地方零食特产的销售热潮。舌尖上的丈母娘、舌尖上的股票、舌尖上的海南、舌尖上的贵阳、舌尖上的职场、舌尖上的苹果等“舌尖上的 ×××”成为热词。但是，回到现实看中国：镜头上是一股诱人的家乡味道，舌尖上却是一张杀人的化学元素周期表。

【适度腐败】5月底，《环球时报》发表社论“反腐败是中国社会发展的攻坚战”。其中称，中国很可能是当前亚洲“腐败痛苦感”最突出的国家，这跟中国“为人民服务”的官方政治道德在全社会深入人心有关。彻底根治腐败的条件目前不具备。腐败在任何国家都无法“根治”，关键要控制到民众允许的程度。腾讯网转载时将标题改为“要允许中国适度腐败，民众应理解”。《环球时报》总编辑胡锡进大呼其断章取义。对于反腐该反到什么度，媒体引发大论战，《中国青年报》评论“舍制度和民主之外，反腐无解”，对腐败零容忍，应该是这个时代的普世价值，也是一个断裂的社会中上上下下难得的价值共识。

【卖肾车间】一位拍客卧底杭州一非法肾源供养基地，记录下接头、体检、配型全过程，该“卖肾车间”产业链渗透全国，如流水线般高效运转，“卖肾车间”里被圈养的近 20 个青年，有的是为还债，有的是嫌打工赚钱慢而卖肾，他们卖掉一个肾，行价是 3.5 万元，而通过黑市买到这个肾的病人需要支付 20-50 万元。有报道称，全国每年有近 100 万名依靠透析维持生命的肾病患者，但过去一年，国内合法的肾移植手术不足 4000 例。巨大供需缺口导致地下卖肾中介兴起，搭建非法网络，从中牟取暴利。器官交易合法化的议题被再次点燃。

【约架】 近来，微博“文斗”渐成“武斗”：@ 五岳散人（网络名人）约架 @ 吴法天（中国政法大学副教授吴丹红），@ 罗永浩可爱多（老罗英语培训创始人）约架 @ 方舟子（打假斗士），@ 伊力诺依史晓燕（北京伊力诺依投资有限公司董事长）约架 @ 李开复（创新工场董事长），@ 周鸿祎（奇虎 360 董事长）约架 @ 雷军（小米科技董事长），@ 吴法天约架 @ 此是燕云（四川电视台女记者周燕）……其中，“吴周之战”更是掀起一场“五毛”与“公知”的网络骂战，朝阳公园也一不小心成了“约架胜地”。知识分子推崇暴力议事，让人担忧“文革”武斗遗风复活。约架，没有赢家，也打不出正义。

【假章救妻】“他们都生活在北京，他不帅她不美，却一见钟情。他没钱她失业，却相濡以沫；她患上严重尿毒症，他倾家荡产为她透析治病，不离不弃；她没有北京户口办不了医保，他豁出去刻了假章，用假收费单让医院为她透析 4 年，骗取医疗费 17.2 万元……后来他被抓受审，他说做这一切只为让她能不先死。”这就是摩的司机廖丹和他妻子杜金领的“北京爱情故事”。短短几天，社会爱心人士便为廖丹凑齐了 17.2 万元退赃款，并为其妻设立了救助基金。北京东城区人民法院表示，可在廖丹基准三到十年量刑区间内，最多减少 30% 以下的刑期。廖丹事件一方面让人遭遇情与法的大碰撞，另一方面让人再次批判中国医疗救助体制。

【失独】 因为中国的独生子女计划生育政策，中国走进一个“老无所依”的时代。据统计，我国每年 15-30 岁独生子女死亡人数约 7 万人，这些家庭因疾病或灾祸失去独生子女，人们把这样的家庭称为失独家庭。90% 的失独父母在 50 岁上下，六成有抑郁症，一半以上有自杀倾向，半数患有高血压、心脏病等慢性疾病，他们多年老体衰又无子女照料……随着我国社会老龄化程度的加剧，失独现象已经成为我们不得不面对的社会问题。

【维稳年代】 释义：稳定压倒一切的年代。溯源：北京电影学院教授崔卫平称："维稳年代"会变得如同"大饥荒""文革""改革开放"一样，用来标明某个历史时期。广东省委副书记、政法委书记朱明国曾表示，一些地方和领导干部片面理解"稳定压倒一切"，认为平安就是"不出事"。对群体性事件应对失当，要么乱扣帽子、加剧冲突，要么丧失原则、一味妥协。要反对权力维稳、静态维稳，提倡权利维稳、动态维稳，在化解矛盾中不断达成新的稳定状态，推动社会向前发展。例句：亲，欢迎进入和谐社会、维稳年代。

【3SB】 释义：人人声称自己代表正义的大混战。溯源：8月中，360综合搜索上线，百度随后向其宣战，360反击，上演"3B大战"，不久，看不下去的搜狐CEO张朝阳在个人微博表示，"搜狗必须参战""狼与大象之战，希望我们是藏獒"。"3B大战"升级为"3SB大战"（360、soguo、baidu）。网评：3SB大战参与者绝不SB，百度的垄断，360的流氓，搜狐的吹牛，这三种恰好是在中国能赚大钱的途径，如果腾讯山寨厂加入，就完美了。垄断、流氓、吹牛及山寨，只需具备这四样武器之一，你就可以所向披靡！例句：一个流氓一个垄断帮谁好？参战就3SB。

【地沟油制药】 释义：毒食新品种。溯源：8月28日，宁波市中院开庭审理全国特大地沟油案，公诉机关指控，健康元全资子公司河南焦作健康元生物制品有限公司采购1.45亿元地沟油作为制药原料，是涉案地沟油企业的最大买家，健康元以"受害者"身份配合检察机关调查 9 个月，并一直隐瞒，其地沟油药远销海外。有药学专家称，用地沟油制药，如严格按照规定工序提纯，不会存在药品质量问题，“变废为宝”也将是未来趋势。网评：“太太们没事用地沟油滋补养颜一下。”“中国人民不再孤单，有世界人民陪我们一起吃地沟油了。”例句：皮鞋做胶囊，地沟油制药。我一个感冒发烧，就吃进去一双皮鞋、一斤地沟油。

【保钓害国】释义：爱国与害国之争。溯源：8 月保钓，中日交恶，日中新闻社社长韩晓清撰文《保钓人士登岛是爱国还是害国？》称：“现在还不是日中两国解决钓鱼岛的时机，不要去一次又一次触动两国人民共同敏感的神经，不要去一次又一次挑战两国人民忍耐的底线。香港、台湾、大陆所谓的保钓人士所做的登陆钓鱼岛行动，不管他们出于什么动机，都不是爱国行为，而是害国行为。”舆论哗然，事后，韩道歉并强调自己是中国籍，是“爱国者”。例句：说保钓害国，贪官携款外逃没人说害国？说微博害国，外籍人士冒充人大代表不害国？

【自主性坠亡】释义：中国人新死法一种。溯源：8 月 22 日，河南省扶沟县练寺镇大蒲村将进行新型社区建设，62 岁的朱中洲家里房屋和菜棚均面临拆除，因为对补偿标准不满，老人前往镇政府找有关领导协商，随后在政府院内跳楼，伤势过重不治身亡。官方称，经现场勘查和法医鉴定，朱中洲为“自主性坠亡”。例句：自主性坠亡、休假式治疗、赢利性亏损、保护性拆除、通胀式紧缩、增长式回落、结构性减税……

【理性爱国】释义：爱国，不要让流氓害国。溯源：日本的钓鱼岛“国有化”之举令中日交恶，9 月 15 日起，中国西安、青岛、长沙、深圳等数十城爆发大规模保钓反日大游行，有地方出现砸日系车、烧日系4S店、抢日资商店的违法犯罪行为。游行中还出现泄愤式标语。警方呼吁：理性爱国，做守法公民。有少年呼吁：真正爱国，应该是我们的官员比日本的清廉，街道比日本的干净，桥梁比日本的结实，青年比日本的更有未来和希望。例句：理性爱国，拒绝暴力。

【你幸福吗？】 释义：一个刺痛全球压力第一国的无厘头提问。溯源：为喜迎国庆和十八大，CCTV记者走基层，逮人就问："你幸福吗？"一时收获无数种回复。农民工回："我姓曾。"大学生回："跟你说话，队被人插了。"遇一捡瓶子老人，问：您收了多少瓶子？答：73岁了；问：收了多少瓶子了？答：我吃低保，630块一个月；问：您觉得幸福吗？答：我耳朵不好。有人戏仿造句，例句——问：你幸福吗？答：能换个话题吗？

【中国人民的老朋友】 释义：中国外交语汇中的特殊称谓。溯源：10月，90岁的柬埔寨前国王、中国人民的好朋友西哈努克在京逝世，中国为其下半旗。谁是"中国人民的老朋友"？检索1949年至2010年《人民日报》，过去六十余年间被称为"中国人民的老朋友"的有601人，日本人最多，达111名，是排名第二的美国人的两倍多，排名三至五位的分别是英国人、法国人和德国人。"伤害中国人民的感情"最多的是日本和美国。早年，反帝、反殖、反侵略是辨识"老朋友"的依据，后政治意味逐渐淡化。例句：你好，中国人民的老朋友。

【理论准备不足】 释义：中国政改延迟新理由一种。溯源：国防大学教授公方彬10月在《人民论坛》杂志上撰文称：政改为何迟迟未上路？一不是既得利益集团阻挠，二不是执政党精神懈怠，不敢触

复兴 62%（详见 P179）

及民主政治。我们不惧怕民主，而是很大程度上缘于理论准备不足。没有科学理论作指导，就不能保证正确的改革路径。经济体制改革做错了可以再选择，政治体制改革或民主政治走错了路几乎没有补救的可能。例句：由于理论准备不足，今天决定暂缓午餐。

【十动然拒】 释义：十分感动，然后拒绝了Ta。溯源：今年光棍节，华中科大男生王文瑾送给心爱的女孩一封信——《我不愿让你一个人》，此信耗时212天16万字，包括散文、诗歌等多种文体，信中借景抒怀，回忆美好往事，女孩十分感动，然后拒绝了他。这一神奇逆转极合屌丝自嘲之精神，因此引发造句潮。例句：昨天，电子科大某男生向他心仪已久的男生送出了他花212天下载的16万G的小电影，内容包括日韩、欧美、国产、步兵、骑兵、幼幼、熟女、人兽等等，男生很感动，收下硬盘然后拒绝了他。

社会

【拼跌】2012年年初，中国楼市在限购、限贷、房产税等多重政策调控下，终于开始降温，北京、上海、广州、深圳、郑州、长沙、合肥、武汉等地楼市屡调屡涨的尴尬局面宣告结束。新年伊始，中央层面调控政策依旧紧绷；北上广深等一线城市继续执行限购令；银行融资环境未见改善。开发商在调控和资金双重压力下，只有加大降价幅度以带动成交回暖，尤其是在调控较为严厉的一线城市。有业内人士称，2012年楼市极可能进入“拼跌时代”。

【爆头哥】1月6日，南京一男子在农行门口头部中枪身亡，被人持枪劫走20万元。犯罪嫌疑人曾开贵，男，又名曾志平，小名“四娘”，汉族，1969年8月23日生于四川内江。身高1.7米左右，中等身材，皮肤较黑，走路外八字，操四川口音普通话。性格孤僻，沉默少语，独来独往，有早起习惯。曾在云南武警大理支队服役，持一支缅甸制五四手枪，习惯尾随受害者，向头部开枪。2004年至今，在重庆、长沙、南京持枪抢劫7起，7死2伤。南京全城围捕，各地悬赏总金额已达195万元。

【伤肺跑】2012年元旦，甘肃兰州，污染指数216，中度污染，号称人数过万的兰州长跑环城赛如期举行，此次活动被列为2012年兰州国际马拉松赛的热身赛，跑步选手中年龄最大的86岁，最小的7岁，中学生有1332人，小学生610人。西北民族大学副教授马奇志称这是一场拿市民健康作秀的“伤肺跑”，并提出强烈抗议。兰州市体育局称，万人长跑筹备两个半月，临时变更非常困难。他们将充分考虑在下一次的元旦群众体育活动中加强黄河冬泳或室内赛事。

【潮课】 寒假前夕是个选课季，广东中山大学医学院推出“哈利·波特与遗传学”选修课；广东河源职业技术学院开设“三国杀攻略教程”；广东金融学院开设“爱情心理学”，教同学们怎么谈恋爱，期末如能“牵手成功”可拿高分；广州大学开设“生死课”，教你写遗书、立遗嘱；中国政法大学根据当红美剧“LIE TO ME”（《别对我说谎》）推出“心理应激微反应”……其实在海外，“潮课”风靡已久，“魔法课”“僵尸课”“爬树课”等层出不穷。有论者称，“潮课”有助于打破死气沉沉的教学现状，改变灌输式、填鸭式的教学方式。

【芒果体】 1月1日，插画师王云飞称，湖南卫视跨年演唱会未经过其允许盗用其5幅插画作曾轶可演唱歌曲的背景影像，希望湖南卫视给个说法。负责舞美效果的天娱传媒视觉总监彭宥纶在微博上回应：“我以设计师的角度来看，如果我的作品被使用在这样万众瞩目的时刻和这样优秀艺人的身上，只会觉得非常荣幸。千万不要学某些国内设计师没有眼界和格局保守”、“不用像世界末日到了一样 @ 那样多的团体和个人，我对此事全权负责。淡定，小朋友，天，没塌”。这一傲慢表态催生出“芒果体”，引发网友猛烈调侃。

【火箭官】 2012年年初，有媒体盘点一批晋升神速的地方官：湖北省洪湖市的胡纯玉因由小学教研室主任直升为副市长被网友戏称为“坐火箭”；湖北省仙桃市的曾伟昕因由副镇长直接选拔为副市长被网友冠之“坐飞船”……而官方的解释一律为提拔任职符合程序规定。有评论称，破格提拔对象之所以屡遭公众围观，不外乎三方面原因：一是升迁速度过快，二是没有令人心服的实绩，三是经不起群众的较真儿和组织的检验。破格提拔背后是否存在猫腻，才是公众真正关心的问题。

【默克齐（Merkozy）】世界各地的经济学家一直在议论同一个问题：欧元区会瓦解吗？崩溃？分崩离析，不可收拾？没人知道。为了描述这场迫在眉睫的经济灾难，德国一家报纸刊登了一张默克尔（Angela Merkel）和萨科齐（Nicolas Sarkozy）的“合体照”，并造了个合成词：默克齐（Merkozy），以凸显法德两国的团结以及共同拯救欧元的决心。由于法德两国关系甚密，西方媒体经常拿两人开涮。默克尔因曾向萨科齐的新生女儿赠送了一个泰迪熊玩具，一家网络媒体鼓励读者猜测默克尔的用意，有网民回复：默克尔是在向萨科齐“示爱”。

【保护性拆除】2月中旬，重庆市重要抗战遗址——蒋介石“重庆行营”被拆，旧址系砖木结构建筑群，属民国中西合璧建筑，建于1935年底。卢沟桥事变数月后，国民政府迁都重庆，国民政府军事委员会、蒋介石官邸均设此处。重庆市官方称，这是保护性拆除，8月将原址复建10月竣工。国家文物局表态，所谓“维修性拆除”“保护性拆除”均无法律依据，也违背了文物保护“不改变文物原状”的基本原则。有评论称，这种拆真文物造假古董的行径是一场人祸。

【文凭工厂】2月，美国北达科他州迪克森州立大学一份内部审计报告指出，学校因人为降低招生标准和对某些作假行为视而不见，导致学校成为“文凭工厂”，给数百名未达到规定最低分数线的海外留学生发放了毕业证，不合格学生中约95%来自中国，其余来自俄罗斯。

该校与中国19所大学有合作关系。一份“野鸡大学黑名单”显示，全球登记在案的共有1500多所“文凭工厂”，其中美国855所，英国87所，加拿大18所……至少有四所大学已把分支机构开到中国。有论者称，“文凭工厂”滋生的背后，其实是国人的学历迷信与崇拜。

【不听话押金】2月开学，江西省吉水县尚贤乡中心小学六年级一班表现不好的3名学生被班主任邱志平要求每人交100元“不听话押金”，邱称其目的是为督促学生在校遵纪守法，不无故在晚自习后到校外惹是非。有家长称，每次测验如低于20分，学生还要交3元到10元不等的罚款。事后，当地教育局责成教师立即退回所收押金，向家长道歉并写深刻检讨。“不听话押金”“绿领巾”无疑是惰性教育和驯化教育的产物，其作为不但偏离教育本义，还会永久扭曲和伤害孩子的心灵。

【污点英雄】潘辉强，江西省贵溪市人。2011年，因参与盗窃（为同伙开车）被判入狱，获释后，同年9月，他勇斗劫匪身负重伤。随后，潘辉强所在的金屯镇金屯村向贵溪市综治办递交报告，为他申报见义勇为积极分子，却一直未果。有报道称，相关部门拒绝的理由是，潘辉强有“前科”且“见义勇为名额和经费”有限。事后，官方称是误会，已认定其见义勇为行为，应受到表彰，已督促贵溪市尽快研究。浪子回头金不换，岂能因有污点否定一切？此外，见义勇为指标化也会产生一种负面心理暗示，“今年指标满了，不需要见义勇为了”。

【开房斗地主】情人节前夜，一实名揭露帖贴出一短信，曝光一李姓模特希望通过开房“潜规则”获得广告，一署名李姓模特的非实名ID，转发称：“斗地主行不行啊！”被“震惊”了的网友“苦咖啡

mark”总结：情人节，不谈广告，只玩斗地主，要多直接就有多直接。一个丑闻瞬间“歪楼”成了“开房体”。经典例句有：“潘石屹和任志强去开房，不谈房价，只玩斗地主。要多阔气有多阔气！”“唐僧带着三个徒弟去开房，不打妖怪了，只玩斗地主。要多虔诚有多虔诚！”

【限外令】2月13日，国家广电总局发布一条“关于进一步加强和改进境外影视剧引进和播出管理”的通知，其中要求引进境外影视剧，长度须在50集内，不得涉案、含暴力低俗内容，不得在黄金时段（19:00-22:00）播出，每天播出时长不得超当天影视剧总播出时长25%，必须在本台首播后才可再次发行，不得以栏目短剧或介绍境外影视剧的形式变相完整播出未经许可的境外剧。有评论称，“限外令”过度呵护只会戕害国产电视剧，文化振兴关键靠内因自强不息，不能靠外力强制性干预，只有环境宽松、竞争自由，才能最终促进文化发展。

【上网底限】2月28日，湖南省株洲市发布《株洲市党员干部网络行为规范》设置“上网底限”，与考核挂钩并在奖优评先中实行违规上网“一票否决”。“上网底限”要求党员干部“严守政治纪律，恪守职业道德，不得通过网络发表与党的路线方针政策相违背的言论”，还要“自觉抵制网络不良言行，对未经核实的网络信息、言论、短信等，做到不编造、不传播、不盲从”。此外不得泄密和破坏社会安定团结，工作时间不得上网聊天、玩游戏、收听音乐、证券交易、访问非法网站、观看与工作无关的视频等，同时禁止充当“黑客”制毒传毒、盗号盗密码。

【穿越式自杀】3月1日，福建省漳浦县前亭镇过港村五年级小学生小美和同桌小华写下遗书，相约跳进一口2米多深的池塘，自杀身亡。小美在遗书中写道：“老爸，老妈，我要走了。我的好姐妹（指小华)弄丢了(家里的卷闸门遥控)钥匙,她怕回去被骂,她要去死,我决定陪她一起。这一辈子,我有两个秘密,一个是要穿越时空,到清朝,拍一部皇帝的电影;一个是要到太空。”有村民说她可能是穿越剧看多了。有报道称,因穿越剧盛行,网上甚至出现“穿越手册”,诱导青少年通过撞车、雷劈、吞金、割腕、跳崖、吞安眠药、卧轨等方式“穿越”。

【心因性反应】3月29日,贵州省毕节市织金县八步镇中心小学学生早餐喝蒙牛牛奶,出现疑似食物中毒,多名学生出现呕吐、腹痛等中毒症状,86人送医院治疗。官方迅速调查并公布结果,称该中毒事件与学生食用的面包和牛奶无关,属个别学生胃肠道功能紊乱引起的群体性心因性反应事件。近年来,中国曾发生多起学生喝完牛奶后出现食物中毒症状的事件,结果多被解释为“情绪传染”“空腹喝”“乳糖不耐”“心因性反应”,总之咱这牛奶没一点问题,都怪你们生理心理有问题。企业主和“砖家”真乃世间高人,不去当外交官真是浪费。

【疑似狼】中国擅长于把经济和人送上天,却不怎么擅长分辨猪肉和牛肉、食用油和地沟油、狼和哈士奇。3月间,山东枣庄6天之内发生2死5伤狼咬人事件,100多名警察、村干部、民兵荷枪实弹木棍大棒去打狼,毙了只大灰狼捕到一条5岁“母狼”,有村民称是自家走失的哈士奇。因“证据不足”,警方未予采信,并请专家做DNA鉴定,最终结果尚未发布。有网友担心警方误把“狗”当成“狼”打。

【激素奶】4月,中国政法大学法学院副院长何兵微博爆料称:“一次聚会,某同学告诉我们,国产鲜奶除少数品牌外,不能喝。许多高龄奶牛,靠激素才能产奶。而且有奶牛反复超标挤奶,乳房发炎,服大剂量抗生素。女婴早熟就是这原因。”有乳业专家受访时坦言,用激素催

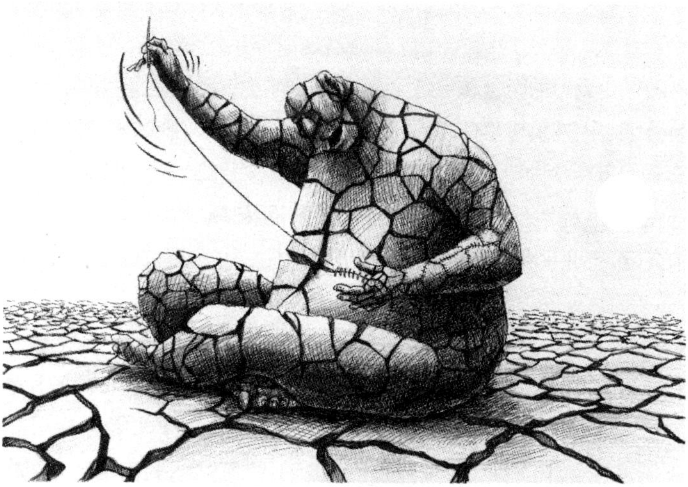

屌丝（详见 P179）

奶是奶牛养殖业公开的秘密。中国奶业协会工作人员则表示，2008年以前确实存在高龄奶牛产奶的情况，但之后加大了劣质奶牛的淘汰力度，目前基本不存在这种情况，“高龄奶牛产奶少、质量差，没有经济效益”。奶是不是真的用了激素？只有牛知道。

【桥木】 青岛来了位爱种树的领导，决定一年要花40亿元“毁草种树”，把青岛变成国家级森林城市，有的种得密密麻麻，成了“胖一点的苍蝇都挤不过去”的“苍蝇木”，有的成了围墙边的“绿坝木”，有的种在立交桥下，成了“桥木”，有的直接栽在人行道上，成了让人无法行走的“人行木”。这引发市民反对，网民“作业本”说：“‘一件事’如果处理不好，就会变成‘一个事件’。一个事件如果继续处理不好，就会变成‘一个事故’。”事后，官方称种树投资额是16亿元，会听取网民和专家意见，但植树增绿并不会停止。

【神童官员】4月，山西《长治日报》刊登一组干部公示信息，“神童干部”扎堆。副处级以上干部中，8名干部的履历引发社会的关注和质疑：一人13.5岁参加工作，一人13.6岁参加工作，一人16岁参加工作，五人17岁参加工作，其中包括两名“80后”年轻干部。近年来，“神童干部”报道频见报端：山西省吕梁市临县安家庄乡党委书记曹莉，曾被曝“15岁时即参加工作”；山东省新泰市新提拔6名副局长和1名法院副院长，其中6名是“80后”……干部选拔的不透明引发公众广泛质疑。有网民说，要想看神童官员的神奇官路，得要先看神童有个神马爹。

【论文博士】 山东省国土资源厅厅长徐景颜被曝“在清华大学法学院读博，却从未见其上课”。清华解释：徐非全日制博士，是在职学习的“论文博士”。近年来，高校滥发文凭，官员读博成疯，中国人民大学原校长纪宝成曾感叹：“中国最大的博士群体并不在高校，而是在官场。”有地方甚至列出“学位——官员级别换算表”：学士 = 科员，硕士 = 科长，博士 = 处级。有论者认为，官员利用职权混张长脸面的文凭，事实上是一种严重的隐性腐败。

【甲醛白菜】 山东青州是春白菜的产地之一，最近三四年，这里的一些蔬菜经纪人和商贩为防止春白菜在春夏之交长途运输时发热腐烂，便用小塑料壶、矿泉水瓶、浇花水壶给白菜喷甲醛，“喷过甲醛的白菜根部白净，菜贩很喜欢”。往白菜上喷甲醛已成“潜规则”，这些甲醛春白菜销往山西、河北、北京、内蒙古等地。甲醛水溶液俗称福尔马林，孕妇长期吸入可能导致新生婴儿畸形甚至死亡。男子长期吸入可导致男子精子畸形，严重的可导致白血病。专家说，买到白菜，最好扒掉外层，用清水泡洗，以防万一。

【人造猪耳】 这是片神奇的土地，江西赣州市民在菜市场里买到一种猪耳，它不但有股难闻的化学品味道，而且一撕就破。业内人士说，这很可能是用明胶和塑料制成的人造猪耳。“这种猪耳朵的皮下没有血管组织和软骨，闻起来有一股极浓郁的作料香味，用硬物就能戳穿，质感脆硬，没有真猪耳的韧度，甚至用手就能撕开”。工商人员将其送往相关检测机构检测，结果尚未可知。事实上，长沙市民早在去年就买到过人造猪耳，连猪毛都是假的。有评论者对政府部门的推脱与回避之态表示愤慨：“猪耳朵已经摆在那儿，人们正静静等待答案。”

【底线体】 5 月初，刘道玉教育基金会“《理想大学》专题研讨会”，厦门大学教授易中天建言：要追求理想的大学，首先要给大学教授建立底线，进而影响社会并给社会一个底线。他说底线应从人品、学问和身体三方面考量：身体最为次要，体检就可以了，只要没有传染病，哪怕是霍金也没有问题。做教授必须要有底线："公德不能不管，私德可以不问，但是要有底线：你一个教授和学生争女朋友，不可以吧？你在课堂上骂学生王八蛋，不可以吧？这就是底线。"而职业道德的底线就是不剽窃、不抄袭。一种"做 ×× 的底线，是不能 ××"的文体因此诞生。

【精致利己主义】 北京大学钱理群教授称："我们的一些大学，包括北京大学，正在培养一些'精致的利己主义者'，他们高智商、世俗、老到，善于表演，懂得配合，更善于利用体制达到自己的目的。这种人一旦掌握权力，比一般的贪官污吏危害更大。"有论者则称，"伪利他主义"比"精致利己主义"更可怕：我们既旗帜鲜明地反对利己主义，但又缺乏有效手段去遏制利己主义的泛滥，以致人格严重分裂的"伪利他主义者"比比皆是——例如官场上，空谈理论头头是道，实际行动蝇营狗苟；台上道貌岸然，台下贪赃枉法；公开场合像正人君子，实际生活是卑劣小人。"伪利他主义"盛行最根本的原因在于，社会道德层面的软约束太软，而法律、制度的硬约束又不够硬。

【总统俱乐部】《时代》杂志披露，美国有一个秘密组织：总统俱乐部，它并非一个正式组织，所代表的是一种"向长者请教"的传统。它诞生于 1953 年，当时的美国总统艾森豪威尔正举行就职典礼，参加典礼的前总统胡佛向另外一位前总统杜鲁门提议成立这样一个组织，杜鲁门欣然同意。美国目前共有 4 位在世的前总统：卡特、老布什、克林顿和小布什。除了两位布什总统隶属共和党之外，其他两位均出自民主党。总统俱乐部最神奇的一点就是不分党派。不管各位前总统的政见多么相左，他们在辅佐现任总统方面都是倾其所有。

【人肉胶囊】早前，有韩媒报道称，中国延吉、青岛、天津等地有人利用死婴或胎盘制成“人肉胶囊”，将其卖到韩国，因为一些韩国男性相信服用人肉胶囊可大补并增强性能力。韩国海关称其破获了35起未遂走私案，走私者试图通过旅客行李箱或邮寄方式将总计17451颗胶囊走私至韩国。海关官员表示，“人肉胶囊”受到“超级细菌”和其他致病微生物污染，可能会对健康构成严重危害。新近，卫生部发言人邓海华回应：经过中央和地方有关部门的详细调查，至今未发现国内有“人肉胶囊”。

【包大人很黑】杜甫还没忙完，开封府的包拯“包大人”开始忙起来了。包大人因为脸黑“躺着也中枪”，“包大人很黑”“包大人很忙”为网民吐槽焦点，人们说黑色易于隐藏取证，黑色可以深夜保命，黑色QQ下线，上至当朝皇帝，下至展昭、公孙策无一不被调侃。例句：如果你赞美包拯说：“包大人那是打着灯笼都找不到的好官！”包拯会生气地对你说，“本官有那么黑吗？”/展昭学画，只见宣纸上一团乌黑，公孙策表示浪费了不少画纸，展昭却说：我在画包大人。/开封发生爆炸，死伤惨重。背着药箱的大夫一把按倒包拯，展昭大惊：“大胆狂徒敢害包大人！”大夫：“害你妹，没看到这厮给火烤成黑炭了吗？”

【加油痛苦指数】5月，彭博社发布全球55国油价排名，中国油价全球排名第四十二位，但加油痛苦指数排名全球第四位。中国居民平均日收入16美元，购买一加仑汽油需花费一天收入的34%。加油痛苦指数是指汽油消费占国民日人均收入的百分比数，用于反映一个国家居民对汽油价格的承受能力。挪威、丹麦、意大利位列油价最高国家前三甲，但由于其人均收入较高，加油痛苦指数排名仅仅排名在第四十八、四十二和二十九位。加油痛苦指数前三名分别是印度、尼日利亚和印度尼西亚占据。评论认为，中国排第四并不夸张，因为我们的工资一直在讲“特殊国情”，油价却在大讲特讲“与国际接轨”。

【防腐满意度】 5月，国家预防腐败局副局长崔海容在香港廉政公署第五届国际会议上发言称，1982年至2011年，中国共有420余万党政人员受党纪政纪处分，其中90余名省部级官员因贪腐被追究司法责任。据民意调查，民众对防治腐败成效满意度由2003年的51.9%上升到2011年的72.7%，对消极腐败现象得到不同程度遏制的认同由2003年的68.1%上升到2010年的83.8%。许多民众对此表示谨慎和乐观与怀疑，有评论提醒有关官员保持清醒务实，不要粉饰太平，要把权力关进法治的牢笼，在“防腐满意度”面前应永不言好。

【富豪蝗虫】 5月中旬，川籍青年富豪马驰在新加坡驾驶限量版法拉利跑车，闯红灯撞到一出租车和电动车，马驰当场死亡，出租车司机和车上的一名日籍游客不治身亡。新加坡民众的排外情绪因这场车祸进一步点燃，社会舆论和互联网上“将中国人赶出新加坡”的声音此起彼伏。当地论坛上还大量涌现攻击中国侨民的帖子，甚至称其为“富豪蝗虫”（对中国有钱移民的蔑称）。很大程度上，走出去的中国人什么形象，中国就会给人什么样的印象。输出健康的中国形象绝不能光靠纽约时报广场上的几个广告。

【易粪相食】 复旦大学历史地理研究生吴恒与志愿者建起一个“掷出窗外”网，通过搜集食品安全报道发布一个“中国食品安全问题形势图”，以及《易粪相食：中国食品安全状况调查（2004-2011）》与《掷出窗外：面对食品安全危机，我们应有的态度》。“易粪相食”典故出于《左传》“易子相食”（意为灾荒年间，父母于心不忍，便互食子女），指食品生产者互食垃圾互相投毒。菜农徐清元说得好：“卖假奶粉的绝不会给儿女吃假奶粉，但他能保证不吃我的毒白菜吗？卖假酒的能保证不吃毒肉吗？养鸡卖饲料的能保证不喝假酒吗？我能保证我不吃假药吗？你觉得你占了便宜，我觉得我占了便宜，最后大家同归于尽。”

【“三非”老外】 5 月 15 日起，北京警方展开清理“三非”外国人百日专项行动，严查非法入境、非法居留、非法工作行为。《北京欢迎你》老歌有了新唱：我家大门常打开，热情友善不曾变，但“三非”外国人，北京不欢迎你。北京的大街小巷每天有 20 万老外穿梭于此，每 100 个人就有一张“洋面孔”。“三非”老外主要来自毗邻国家，非法就业的外籍人士则多以留学、旅游为由入境并逾期滞留，一些外籍不法人员借机混杂其间。有官员称：“高速的经济增长使得中国快速成为新的‘三非’目的地国。”

【吻增长】 5 月 27 日，国家发改委正式核准广东湛江钢铁基地项目动工建设，湛江市长王中丙在国家发改委门前难抑激动亲吻批复文件。有评论称，“谁能读懂跑项目后‘吻增长’的艰辛”“一个项目要辗转 34 年，行政逻辑上自有其合法或合情的道理……一个‘跑’字，表面是人情的分量，实质是职权的自由裁量。‘跑’得越艰辛，‘跑’得越成果卓著，公共行政的伦理与品质就越面目模糊”。而人们也在担心，政府在面对经济下滑风险时，出于稳增长动机，是否在急于启动下一个“4 万亿”的激进计划，从而带来新一轮通胀风险。

【呕吐死】《中国人的若干种死法》再添一枚新词：呕吐死。2011年10月，河南项城市公安局刑警大队发现郸城县宜路镇村民于钢峰有盗窃嫌疑，将其抓回办公室审讯，警方称其多次拉肚子，突发急病，口吐白沫，呕吐“猝死”。死者家属提出质疑，警方通报尸检报告：“受害人肋骨断裂4根”（系医院抢救胸外按压形成），“长时间身体自由受到限制致急性呼吸、循环功能衰竭死亡”。有论者说，“呕吐死”“躲猫猫死”“如厕死”“喝开水死”“做梦死”“激动死”等离奇“死法”的不断出炉，警方办案办死人之后，亟须提高撒谎水平。

【五粮液机场】 5月23日，四川宜宾官方表示，宜宾机场迁址重修将命名为“宜宾五粮液机场”，这是全国“首个”以企业命名的机场。当地官员相信该命名“既能提高宜宾市知名度，还能扩大五粮液影响力，是一个双赢的合作”。另据报道，在贵州省仁怀市附近，“茅台机场”的一块奠基石也已铺下。网友笑称，我们以后还会听说北京烤鸭机场、狗不理机场、羊肉泡馍机场。有评论称，用名酒命名机场在文化上有“恶俗”之嫌。有评论则称，政企合作，无伤大雅。

【食脸男】 食脸男指的是美国男子鲁迪·尤金（Rudy Eugene），5月28日美国媒体报道称，鲁迪·尤金在麦克阿瑟公路匝道啃食另一男子面部（受害男子半张脸几乎被啃掉），现场惨不忍睹，警察连开数枪才将食脸男击毙。警方认为，犯罪嫌疑人可能吸食了过量的被称为“浴盐”的新型迷幻毒品，浴盐含有可影响人体中枢神经的化学物质，可使人体体温瞬间升高和精神极度亢奋，出现幻觉，并变得极具攻击性。食人事件后，美国又发生了大学生杀害室友吃掉其心脏及自残男子与警方对峙当众切腹的恐怖事件。有网友评论，美国是不是爆发了生化危机？

戴表哥（详见 P181）

【安康杀婴】6月，陕西省安康市镇坪县曾家镇怀孕7个月的冯建梅，因为交不上4万元的罚金，当地计生办在未通知其家人的情况下，强行按手让她签字同意，强制引产冯腹中政策外怀孕的第二胎，而《中华人民共和国人口与计划生育法》明令禁止大月份引产。事后当事官员虽被停职，但有论者称，这“不是官员犯错，而是杀人”！安康杀婴事件集中体现了中国计生政策之恶，“强制引产”的野蛮与非人道，是中国公民之痛、中国社会之耻。在中国老龄化社会逼近、人口红利损耗殆尽之时，人们开始思考是否需要放宽中国计生政策，停止继续制造“独生子女”这一特殊人群，准许公民生育第二胎。

【贵羊羊】5月以来，在中国猪肉飞上天的同时，各地羊肉价格也在持续飞涨。全国最大的羊肉产地内蒙古自治区，第一季度羊肉平均价格为每公斤47元，同比去年上涨了30%多。四川、湖北羊肉价格最高日涨幅接近10%。“贵羊羊”带来一系列连锁反应，西安市民就发现，平时98块钱的羊蝎子火锅量少了不少，西安的许多羊肉泡馍也从18元涨到了20元。业内人士称，“贵羊羊”产生的其中一个原因是每年四五月份是母羊产仔期，羊出栏率下降会导致供给减少，第二个原因是饲料成本、人工成本上涨。

【一转梅】微博暗语，与“一转没”同义。通常是指微博上一转即逝的敏感新闻与言论，“一转梅”微博是舆论尺度的温度计，韩寒等人是传说中的“一转梅”代表人物，网民们转发完“一转梅”微博后，往往会戏谑一番：“小秘书又有得忙了。”而“一转梅”微博通常的命运是变成一条标准化的友情提示：“抱歉，此微博不适宜对外公开。如需帮助，请联系客服。”

【肉灵芝】6月中旬，西安电视台《西安零距离》女记者报道了一则“2012最纯情新闻”：“打井挖出怪物——是菌类还是肉灵芝说法不一”，误将19厘米长、肉乎乎的男用硅胶自慰器当成传说中生长在西安秦岭附近的千年神物“太岁肉灵芝”，并旁征博引《本草纲目》对太岁的描述，说次日要找专家进行鉴定。事后，眼尖的网民马上点破真相。栏目组也赶紧致歉：“我们的记者还很年轻，不谙世事，给大家带来了不适和误导！亲们，请原谅我们的一次疏忽吧。”网民评论，媒体记者应减少猎奇、加强性教育。

【集体总统制】7月3日，清华大学公共管理学院教授胡鞍钢在《人民日报》（海外版）撰文《辉煌十年，中国成功之道在哪里》中提出，中国成功得益于政治上有一个好的中央政治局常委会，9名成员分别代表党、国家和军队等八大领导机构，分工合作与协调合力，形成了中国特色的“集体总统制”。从决策理论和实践看，“集体总统制”在实现充分信息分享的信息结构与充分民主决策的决策结构相互作用方面，远比“个人总统制”具有明显的信息优势和决策优势，更具民主性、协调性和高效性。

【最美×××】中国最近“最美”辈出：“最美女教师”“最美司机”“最美战士”“最美妈妈”“最美护士”“最美大学生”“最美孕妇”“最美女孩”“最美小伙”“最美‘富二代’”……“最美女教师”张丽莉成为中共预备党员、“最美托举哥”周冲喜获奖金并入职广州港、“最美司机”吴斌被安葬在了烈士陵园，“最美女教师”周玉兰遇劫拼命护住659份高考准考证喜获“三八红旗手”荣誉……在道德沦陷的社会背景下，这群“平民英雄”的涌现让人们感受到一丝久违的人性与温情，他们同时也成为了宣传“和谐社会”的最佳人选。

【65岁退休】中国正在变老，人社部社会保障研究所所长何平建议，中国从2016年实行延长退休年龄政策，每两年延长1岁退休年

龄，到 2045 年不论男女退休年龄均为 65 岁。此举是为对抗中国老龄化社会，缓解劳动力总量减少的速度。有人算账，称一个中国人至少需要 314 万元才可以安享晚年。有研究报告则称，到 2013 年，老龄人口将给中国带来 18.3 万亿元的养老金缺口。经济学家郎咸平称："中国正上演'庞氏骗局'。"有网民说，三十年前"计划生育好，政府来养老"；二十年前"计划生育好，政府帮养老"；十年前"养老不能靠政府，要求加社保"；现在我们老了，要我们活到老干到老！

【广州锥】广州白云、天河等多处天桥和高架桥下浇筑许多像小金字塔一样的水泥锥，广州市建委回应称，这些水泥锥建于十多年前，当时目的是为防止流浪汉在桥底露宿。有网友认为，流浪汉在桥下安家后乱堆乱放，乱扔垃圾，确实影响了桥下的环境，也会给城市交通安全带来隐患。有评论称，广州，一座"江边有塔，心中有锥"的城市，城市之"锥"，锥痛人心，用水泥锥阻止流浪汉栖身，这与广州开放包容的城市精神不符，甚至令广州蒙羞，网络名人"五岳散人"甚至提出要在锥上睡一晚上以示抗议。区志航则赶紧晒出一张裸体趴在水泥锥上"区式俯卧撑"照片，以示讽刺城市的不人道。

【凉民证】7月，有市民注意到武汉公交车站出现这样的旅游广告："纳凉是一种福利。恩施凉民证，万人享清凉！10000 本凉民证武汉市场限时发放。"由于"凉民证"一词是"良民证"的谐音词，"良民证"是日寇侵华的罪证。恩施市旅游广告激起骂声一片，许多人认为它触及了国人底线，严重伤害了国人的民族情感。恩施土家族苗族自治州旅游委将责任推到了武汉一家文化推广公司身上，声称其未经授权许可擅自发布，对恩施市旅游造成了恶劣影响，要求其两日内撤下所发广告，并在相关报纸公开登报致歉。

【我靠重庆】6月以来，重庆多条线路的公交车身上出现了“重庆42℃，利川24℃”“我靠重庆，凉城利川”“热！到利川凉快去！”等广告语，推介利川旅游资源。一个“靠”字让人以为是在骂脏话。利川旅游局长孙福民解释：“靠，一是说利川、重庆地理位置近；二是利川发展旅游要靠重庆。曲解的网络语言绑架了中国语言文字的本真。‘靠’不能用，那‘同志’还能不能用？”利川不堪压力，最终将广告词改成：比邻重庆，凉城利川。“我靠重庆”不禁让人回味起那些“牛逼”的口号！江西宜春：一座叫春的城市；广东佛冈：更近，更爽，更给力；合肥：“两个胖胖”欢迎您。

【网络思想泡沫】释义：指在互联网上存在的无聊、无用、无趣的信息与思想表达泛滥现象。溯源：中共中央党校教授谢志强在《人民论坛》杂志上撰文对网络思想泡沫心存隐忧，他认为，网络思想泡沫主要表现为：语言暴力（论坛和聊天室里的辱骂谩骂、诋毁人格、恶意攻击）、谣言散布、信息过剩、精神迷失（人们独立思维的宁静被打破，开始出现思维焦虑和网络迷失）。网络思想泡沫有消极、调侃和戏谑成分，其成因是网民为宣泄对现实的不满。根本的解决之道是建设公平合理的社会。例句：童鞋们，坚持文明上网，每天一条正能量，远离网络思想泡沫。

【拼同学】释义：与其走上社会靠“拼爹”，不如上学开始“拼同学”。溯源：西安一市民的孩子今年小升初，成绩一般，想方设法花8万元在名校报了名，理由是让孩子交一帮好同学，以便建立强硬的关系网，方便以后办事。有网友说：“很多人感叹命运不公，痛骂腐败，鄙视钱权，指责价值观堕落，可同时，相亲依然青睐‘官二代’、‘富二代’，求职办事先想到托关系，依然拼爹、拼亲戚、拼朋友、拼同学、拼子女……可见很多人在意的不是公平，而只在意自己是否站在命运这杆秤的优势一方！”例句：职场上的各种“拼”：拼关系、拼爹、拼同学、拼邻居。长久之计还是拼自己。

【电商三国杀】释义：大忽悠。溯源：8月15日，京东CEO刘强东微博“约架”苏宁，开打家电价格战，京东、苏宁、国美上演一场“三国杀”，“你敢1元，我就0元！”叫得天响，不过有监测显示，各家PK商品重合度仅为10%左右，超10万件商品最高降幅不超过10%，过半“最低价”商品处于无货状态，有的家电价格不降反升。不过是场忽悠人的资本战与公关战。例句：记者：“对电商三国杀有何看法？”市民：“可以用粤语吗？”记者：“可以。”市民：“你估方唔系几个有钱佬搞搞震呃你地憨鸠鸠甘清晒荷包讲得甘响有仑用够胆你就博死平到底我地就着数无蚀底。”记者：“能讲普通话吗？”市民：“合理竞争，友好发展，共创网购家园。”

【城管武装部】释义：城管中的战斗机。溯源：8月1日，武汉首个城管武装部在汉阳区城管局成立，40名城管加入民兵队伍，率先成为全市城管战线中的“特种兵”，他们将负责战备执勤，维护社会稳定，完成抗洪抢险等危难险重任务，战时，可组织带领民兵预备役人员参军参战、支援前线。例句：强烈要求派遣城管武装部进驻钓鱼岛执法。

【沈阳关门节】释义：沈阳商铺关店歇业避“打假”。溯源：“沈阳啊，沈阳啊，你的故乡，小店铺全都关张，大街小巷是空空荡荡。”七八月间，辽宁沈阳等地刮起集体“歇业风”，传言称是为躲避“打假”不被找碴儿搞重罚，不少市民抱怨连吃午饭、理发、修车、买菜的地方都没有了。官方称，相关部门并未采取集中整治行动，更未采取高额罚款措施。希望广大业户勿信传言，正常营业。例句：沈阳关门节，这事不能说太细。

【大秋裤】释义：一栋造型像秋裤的大楼。溯源：苏州金鸡湖西岸耸起一栋将于 2013 年竣工的“东方之门”大楼，据说设计灵感来自苏州水陆古城门，楼高 301.8 米，是法国凯旋门的 6 倍，号称“世界第一门”，总用钢量超 12.5 万吨，可造 8 艘“瓦良格”号航母。各路高手以猛男、美女、绿巨人为上半身搭上“秋裤楼”大玩 PS，网评：北有大裤衩，南有大秋裤。央视大裤衩蹲着，秋裤楼改站着了。例句：自从有了苏州大秋裤，央视大裤衩终于不再寂寞。

【郭敬明体】释义：爱国体一种。溯源：9 月 9 日下午，青年作家郭敬明发了条微博：你们就当我是中国的脑残粉好了。我就是曾经在天安门看升国旗哭了的人；我就是每次看奥运听见国歌就眼红哽咽的人；我就是曾经半夜看网上北京奥运圣火传递时，中国人保护火炬的图片，看得号啕大哭的人。你们不用怀疑，这种人是存在的。我的祖国确实有很多问题，但这并不影响我毫无保留地爱它，为它自豪。例句：你们就当我是四娘的脑残粉好了。（以下省略一万字）

【捐精买房】释义：高房价下的一种屌丝自慰方式。溯源：广东精子库告急，有网友赶紧依据各地捐精营养与交通补助标准计算出买 100 平方米住房首付与捐精次数的图表：长沙，首付 20 万元，补助 6000 元 / 次，捐精 33 次；广州，首付 41 万元，补助 3000 元 / 次，捐精 138 次；北京，首付 62 万元，补助 3000 元 / 次，捐精 208 次。深圳，首付 64 万元，补助 3000 元 / 次，捐精 216 次。而事实是，中国一人一生只能捐一次精，为保质保量，取精过程历时至少半年达 10-20 次，首付无戏，搞个“爱疯 5”还差不多。例句：捐精买房不靠谱，团购买房大划算。

【北京人大学】释义：一个大门朝本地人开的大学。溯源：9 月 10 日，河南新蔡的“90 后”青年程帅帅送给北大新校牌“北京人大学”，以嘲讽高考制度下北京大学招生偏袒北京人的地域歧视，结果被北大保安扣留，带往派出所，滞留 8 小时后遣送回乡接受训诫。此前，他曾踩高跷在北大门前抗议高考不公。在嘲讽这项行为艺术上，中国人向来不乏娱乐与创新精神，给政府机关送“不为人民服务”锦旗、“截访先进单位”锦旗……均是代表。例句：清华北大，又名北京人大学。

【国民床单】释义：一床适于怀旧的大红花粗布床单。溯源：9 月 11 日，网友 @ 阿兹海默症的柚子在微博发了张图，抱怨耳机坏了，意外的是，网友注意到了他家的大红花粗布床单，人人都说自己家曾经有过这样一床“国民床单”。这张使用了 30 年的床单还诱发了人们浓浓的怀旧情结：蝴蝶牌脚踏缝纫机、永久牌自行车、燕舞收录机、三五牌机械座钟、天津表、黑纱蚊帐……有专家说，这种怀旧实际上是人们在借回忆疗伤，释放焦虑补偿失落，在物欲时代寻找内心的精神家园与情感寄托。例句：国民三件套：国民床单、国民毛毯、国民枕巾，你们家有木有？

【社交性强奸】释义：借社交进行性交的“熟人强奸”“沉默强奸”“酒后强奸”。溯源：中南大学开学，给新生发了本《大学生活安全手册》，女生专题提醒十类女生提防遭遇社交性强奸：长相漂亮，打扮时髦者；文静懦弱，胆小怕事者；作风轻浮，有性过错者；身处

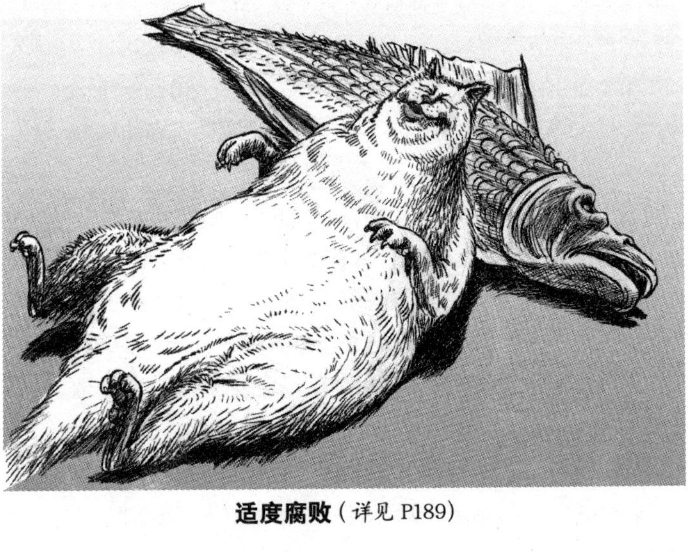

适度腐败（详见 P189）

险境，孤立无援者；体质衰弱，无力自卫者；怀有隐私，易被要挟者；不加选择，易交朋友者；贪图钱财，追求享乐者；意志薄弱，难拒诱惑者；精神空虚，无视法纪者。例句：官员社交性强奸，猎艳游戏屡试不爽。

【射狼】释义：一种在乘坐公共交通工具时通过挤压异性达到性快感射精的性变态。溯源：9月10日，胡小姐下班，在五羊邨坐广州地铁5号线，一中年秃顶男子挤在她身后不停晃动，突然，胡小姐感觉大腿处有一股热感，蓝裙上圈黏糊糊的东西，她随后报警。数天后，地铁“射狼”被抓，拘留十日，“射狼”是一名30岁的个体户。“射狼”通常活跃在北上广深的公交、地铁、BRT上，警方提醒女士一方面不要着装暴露，另一方面遇上“射狼”要敢于大胆呵斥，寻求司乘人员和其他乘客帮助，并拨打110报警。例句：“射狼！”“我可以骚，你不能扰！”

【送石男】释义：一条路走到黑的爱的表达方式。溯源：8月的一个晚上，演员李晨的女友张馨予在微博上晒心形石，不久，李晨前女友迪丽娜尔也晒出了一颗心形石，吐槽：“你是批发了一堆么？真想喷一脸狗屎。”随后，网民又扒出李晨送给妈妈三颗爱心石，还送给郑钧妻子刘芸一颗心形石。网友发现，类似的心形石在网上批发价只卖一块钱，笑称李晨为“送石男”。“今年过节不收礼，收礼只收心形石。”“如果集齐七颗，就可以召唤神龙了。”“如果说你要离开我，把我的石头还给我，在你身上也没有用，我可以还给我妈妈。”例句：今天买到个心形李子，送石男要进货么？

【王鹏你妹】释义："贾君鹏"二世。溯源：10月8日的下午，北京地铁5号线站点内信息显示屏突然显示"王鹏你妹"四字。北京地铁运营有限公司解释，这是因为5号线PIS系统（乘客信息显示系统）正在进行调试和人员培训，由于一学员误操作，将聊天记录点击发布所致，工作人员为控制事态，不得不赶紧拿报纸糊屏幕。"王鹏"也继百度魔兽世界吧的"贾君鹏"之后，迅速成为中国又一个神奇的名字。有厦门人抢注了"王鹏你妹"拼音域名wangpengnimei.net等待买主，有名叫"王鹏"的律师要将北京市地铁运营有限公司告到法院，要求公开道歉，并索赔名誉损失费1元。例句：王鹏你妹，你妈妈喊你回家吃饭！

【1000次】释义：表忠心的若干种方式之一。溯源：三一重工董事长梁稳根去北京参加"十八大"："我拖了18年才入党。很多媒体传我接受组织考察，说我要从政，这都是捕风捉影。的确，我经常接受组织考察，因为我当了3届人大代表、2届党代表。但是我不可能弃商从政。上一届党代会，就有美国记者说'你总有一天会移民美国'。我说，天底下也许什么事情都会发生，但唯独这件事情不会发生。我生1000次，都希望是在中国；死1000次，都会是在中国。"例句：天底下也许什么事情都会发生，但唯独我不爱你了这件事情不会发生。我生1000次，是你的人；死1000次，是你的人。

【巨蟹】释义：中国星座权力榜。溯源：中共七大常委亮相，网民惊呼："一个双子带领着仨巨蟹，两天蝎和一白羊领导的国家！"有好事者还总结出巨蟹座的十大优点：大多属领导型人物；懂生活，家庭观念强；人际关系好，发自内心与人交往；爱干净爱整齐；做事前有周密计划，考虑后果；记忆力非常好；感情丰富，对人有敏锐的观察力；富同情心，很好的倾听对象；很细心很体贴；赚钱高于花钱，但不吝啬，容易获得成功。例句：各企业2013年策略：1. 主要目标是裁员，提高效率。裁员比例2:9；2. 重点培养巨蟹座和天蝎座的员工；请各单位认真贯彻执行。

【12秒雷冠希】释义：因不雅视频落马的重庆市北碚区原区委书记雷政富。溯源：11月20日，网上曝光“重庆北碚区委书记雷政富接受性贿赂与少女淫乱”视频及文章，揭露5年前，一建筑商看中雷手中的工程项目，便将一名培训后的女子送给雷做情人，并拍下性爱视频作要挟。视频曝光66小时，“炮爷”“雷冠希”即被撤职调查，其“廉政语录”走红。媒体评：部分官员“党性挂嘴上，女性放心上”。网友评：“他用12年爬到今天的位置，他用12个月给她买礼物帮她安排工作变着法子哄她开心，他用12天养精蓄锐调养生息，他用12个小时安排好手上的工作抽出时间开好房间静静等她，他用12分钟洗澡换衣服脱裤子，而这一切，只是为了和她在一起的12秒，如果这都不是真爱，那还有真爱吗？”例句：做官不要做雷冠希。

【摇号帝】释义：连续7个月摇中购车指标的“刘雪梅”。溯源：北京购车要摇号，11月，北京有1264862人参加购车摇号，中签率创新低：1:67.2。但有细心市民发现，今年5月至11月，“刘雪梅”连续7个月中签，“此事必有蹊跷”。官方回应：“刘雪梅”是重名，她们的个人编码均不同。有统计发现：1439个“王磊”申请，377人中签；1465个“刘洋”申请，376人中签——中签率都有26%。例句：明天改名“刘雪梅”，买张彩票试试。

【跪访农妇】释义：因“跪访”被行政拘留的农妇梁永兰。溯源：9月8日，温家宝总理到云南省彝良县视察地震灾情，梁永兰等数十名发界村村民在村前跪访，向总理反映当地征地问题。11月19日，彝良县公安局以“跪访”导致交通堵塞20分钟、造成严重政治影响和恶劣社会影响为由，行政拘留梁永兰。此事引发社会强烈关注，随后，梁永兰被放，县公安局长登门道歉。例句：跪访农妇不是麻烦人物，她是悲壮的“秋菊”。

【自愿死】释义：一个死于冷漠城市立交桥下的农民工。溯源：冬天，郑州市中州大道郑汴路立交桥下死了一名农民工。他在桥下住了一个月，似乎病了，躺在地上不起身。有公交司机给他送来棉被、有市民给他送饭。他快不行了，有人打电话给120。120来了两次，一次因他没家人没钱，走了；一次扔给他20块钱，走了。救助站来了，没有收，走了。11月30日，农民工死了，有人说是冻死的，有人说是饿死的，没人知道他的名字。农民工小张：“好歹也是条命啊，为啥就没人管？”郑州市卫生局：他叫刘红伟，系本人拒绝就医。例句：尼玛，都说没责任，难道他是“自愿死”吗？

【不爽姐】释义：以噘嘴表达不爽的美国体操女将麦凯拉·马罗尼。溯源：11月中旬，美国总统奥巴马在白宫会见美国奥运体操女队，并与“不爽姐”马罗尼摆拍经典的噘嘴照。8月，伦敦奥运会女子体操跳马决赛中，世锦赛该项目冠军得主美国名将马罗尼被看作夺冠大热，可惜最终只拿到一块银牌。赛后颁奖仪式上，马罗尼一脸严肃，噘得老高的嘴巴可以挂油瓶，受访时评价自己的表现“没印象”，“伦敦不爽姐”名号因此诞生。例句：敢让老娘过不了四级，“不爽姐”给你看！

【神级作文】释义：一篇展示“蝴蝶效应”具有神逻辑的小学生作文。溯源：网上曝出一篇小学生的神级作文。“时间过得真快，一下就到半期考了，我必须要开始努力了”，不努力，成绩就上不去→被家长骂→失去信心→不好好读书→找不到工作→纳不上税→老师没工资→国家没未来→中国大战→第三次世界大战→核武器→人类消失！“为了全人类的生命财产安全，我要在剩下的几天里好好复习，不让悲剧发生”。老师批示：“呵呵。老师看了都笑了。”例句：如果我不努力工作，业绩就上不去……为了全人类的生命财产安全，我要好好工作，不让悲剧发生。

族群

【Chinsumer】Chinsumer（中国购物狂）=Chinese（中国人）+ Consumer（顾客）。网民自创“后现代中式英语”，特指到国外旅行疯狂购物挥金如土的中国人。Chinsumer 们代表的是一种暴发户式的中国人形象。过了个龙年春节，中国人在境外花了 72 亿美元，成为世界奢侈品市场第一大买家。世界奢侈品协会称，72 亿美元的 46% 花在了欧洲，10 件奢侈品有 6 件是被中国人买走；72 亿美元的 19% 花在了北美，10 件奢侈品有 3 件是被中国人买走；72 亿美元的 35% 花在了港澳台地区，10 件奢侈品有 7 件是被中国内地客买走。其消费主目标是名表、皮具、时装、化妆品、香水。英国零售业分析师乔纳森·德梅洛说，中国人已取代俄罗斯人和阿拉伯人，成为英国奢侈品消费市场最大买家。

【过关族】《浙江日报》报道称，目前中国社会普遍存在过关心理，泛功利主义盛行，许多“过关族”为达目的不择手段，不惜违反规则甚至突破法律底线：有人为考级抄袭作弊，有人为应付检查临时突击，有人为找好工作简历造假，有人为利益不惜黑心制毒食……有调查称，大学生、公务员、教师、企业管理者、医生、律师、企业员工等群体过关心理最严重，社会急功近利破坏了公序良俗，产生劣币驱逐良币恶果。有专家称，“过关”现象出现的根本原因是社会大环境和机制问题使然。

【秋裤党】释义：一群在秋冬坚持穿着保暖秋裤的反潮流人士。溯源：秋裤（chill　cool)，中国特色穿着 北方称之为春秋裤，南方称之为线裤、棉毛裤，又称卫生裤，春秋贴身穿以保暖，冬季穿于毛裤、棉裤之内便于换洗清洁。有一种等待叫做望穿秋水，有一种寒冷叫做忘穿秋裤，潮人要风度不要温度，所以反对穿秋裤，“秋裤党”党员并不忌讳运动时露出腰间那或红或灰的销魂一截，诚实面对自己、率性自我。例句：“秋裤党”是这世界上最温暖的组织，他们知冷知热极度体贴，自从穿上了秋裤，我再也不用担心“老寒腿”了。

【越南天团】 释义：青少年、非主流、农业重金属、五线城市洗剪吹小弟——越南天团 HKT 组合。溯源：“90 后”越南天团 HKT 三个小伙“黑毛哥哥”“白毛哥哥”“黄毛哥哥”，歌唱得不怎么样，但造型个个“怒发冲冠”“天雷滚滚”，碎长发遮住半张脸，他们自称是“越南青少年最喜欢的偶像团体”，热爱翻唱中国歌，如《错错错》和《黄昏》等，剧情极其“狗血”。HKT 以非主流之风迅速电倒网友审美观，网友调侃：“洗剪吹组合全新出炉啦！” 例句：一看你就是越南天团 HKT，中国五线城市洗剪吹小弟接班人，祝你长期占据当地发廊排行榜榜首。

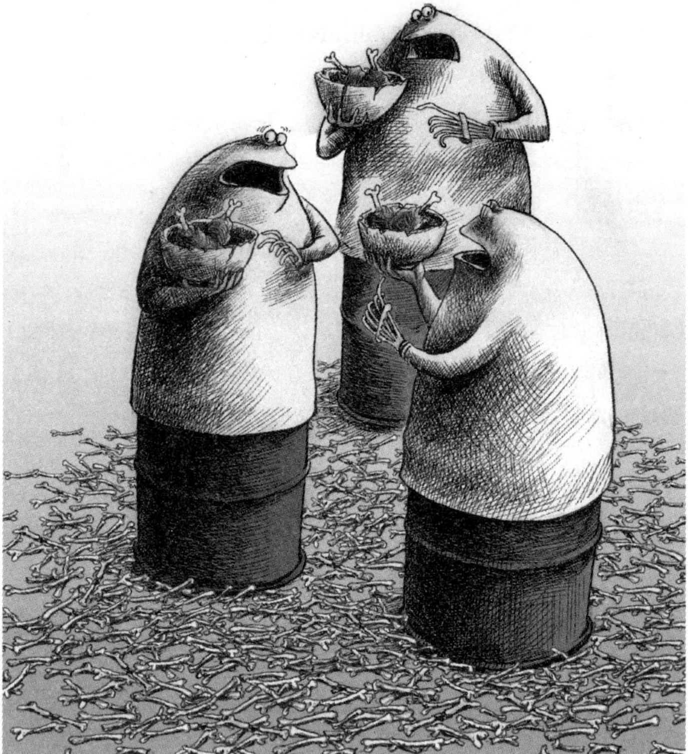

我能说脏话吗（详见 P187）

生活

【如果体】 岁末年初，网络风行“如果体”许愿未来。编剧宁财神在微博中写道：“如果我有一个女儿，我希望她的语文老师是冯唐，数理化老师是李淼，政治老师是连岳，闺蜜是姚晨和蒋方舟，18 岁前的班主任是陆琪，18 岁后是蔡康永，初恋男友是九把刀，之后的男友是韩寒，混到 30 岁，嫁给一毛不拔大师。”随后，宁财神补充：“如果我有一个儿子，我希望他的音乐和语文老师是高晓松，政治老师是刘瑜，英语老师是那个偏执狂，历史老师是一毛不拔大师，18 岁前的老师是不加 v，18 岁后是贺卫方，发小是和菜头，同桌是柴静，初恋是沧月，后来的女朋友是周迅，混到 40 岁，娶了闻小雅。”

【跪拜猫】 过了个龙年春节，有眼尖的网民发现第五代人民币 100 元大钞藏有神秘的“跪拜猫”，在毛主席头像两侧，有三只“猫”。“一只猫”张嘴直立，眼睛大若铜钱，前肢舒展。旁边“两只猫”举起前爪，作跪拜状。中国人民银行回应，所谓“跪拜猫”图案实为湖北江陵县雨台山出土的战国时期漆器上的图案，该图是百元人民币背景图案组成部分，不是“跪拜猫”，也非公众猜测的防伪要素。钱币专家袁银龙称，“人民币上出现战国漆器图案等古元素，反映了国家对灿烂辉煌古文化的重视”。

【和谐家庭】 新年伊始，北京市妇联将“首都五好文明家庭”更名为“首都和谐家庭”，两年一评，“和谐家庭”评选将“五好家庭”所有指标全部纳入，并增加指标："家庭主要成员经常上网，家庭藏书量300册以上"；"经常有旅游、聚餐、购物等家庭活动"等。有网民质疑"和谐家庭""嫌贫爱富"，北京市妇联副主席周志军称，"和谐家庭建设评价指标体系"由北京市妇联和市社科院于2007年制定，"还只是试行版，是一个参考和指导指标，不是硬指标"。获"和谐家庭"称号家庭会得奖状和一块金属牌，无任何奖金。

【生活体】1月末，有博友写："看报道说，梁朝伟有时闲着闷了，中午会临时去机场，随便赶上哪班就搭哪班，比如飞到伦敦，独自蹲在广场上喂一下午鸽子，不发一语，当晚再飞回香港，当没事发生过，突然觉得这TM才叫生活。"有人羡慕梁"懂得生活"，有人计算梁一天往返伦敦的可行性，有人造起"生活体"的句来，郭德纲版、程序员版、医生版、公交版、穿越版、堵车版、梅西版、编剧版不一而足。

【开门辞】开门辞，指春节开工后第一个工作日即选择辞职。有人早有辞职打算，专等年终奖发过后再辞；有人是因年前奖励不公，冲动之下"开门辞"；有人感觉与新领导不好相处，怕被当成单位负面标杆而辞；有人是因想当全职太太；有人是因单位不珍惜自己劳动，无成就感而辞。职场专家建议跳槽新手应先做好规划，比如至少要有3-6个月的财务储备；重新求职应保持乐观做好受挫折准备。

【曲线回家】龙年春运，客流达31.58亿人次，人类史上每年一次最集中的人口迁徙照例上演，车票照例一票难求。有一白领为从北京回昆明，因买不到直飞机票，竟"借道"曼谷转机回家。学生王安仕要从天津回伊宁，竟要买五张火车票：天津－北京南－石家庄－兰州－乌鲁木齐－伊宁，这一路要花5天、4趟中转、5程火车才能回到家。

【寡趣症】寡趣症，指都市人因高压、快节奏生活身心疲惫，厌倦工作和学习。其起始症状与感冒相似，随之出现颈淋巴和颌下淋巴结肿大，乏力、嗜睡，甚至对自己钟爱的职业也感到厌倦，备感无趣，郁郁寡欢。一是理想与现实差异产生的无趣。一是平凡工作无激情产生的无趣。一是牢骚与心理不平衡产生的无趣。一是目标落空前途无望产生的无趣。如长此以往将出现混世界、恨世界、弃世界的后果。专家建议，寡趣应以积极心态、经常运动、勤写日记、多吃水果加以化解。

【一句话证明体】在一个人人无法自证清白的时代，一句话证明体火了。最早玩这个游戏的人是魔兽世界吧的网友，有人在1月11日发了一个“用一句话证明你玩过魔兽”的帖子。2月28日，网友“楸楸”在微博说“用一句话证明你上过学”，结果意外走红。“一句话证明你读过四大名著”：黛玉自忖：兀那汉子这等眼熟，却不知是卧龙还是凤雏，便问道：你是猴子请来的救兵吗？/“一句话证明你上过学”：同学们看着焕然一新的教室，擦着汗水笑了，这真是有意义的一天啊！/“一句话证明你的童年不是喜羊羊”：“赐予我力量吧！我是希瑞。”“娜娜小姐，我是博奇。”“休息，休息一会儿。”“我要我要找我爸爸，走到哪里也要找我爸爸。”“人间大炮一级准备。”

【占领男厕】美国“占领华尔街”，中国“占领男厕”。2月19日，广州数名女大学生在越秀公园旁边的公厕上演一场“占领男厕”行为艺术。她们希望借此引起政府和社会对男女厕位不均衡问题的重视，消除女性在公共场所如厕排队现象。她们还向市民派发《致男同胞的一封信》，呼吁通过立法来使男女厕位达到1:2。此后，“占领男厕”之风波及郑州、北京、南京等城。有论者对这一“女权主义”运动表示支持，并认为她们关注到社会资源分配的问题，有助于深化社会公共服务建设。

【闰年虫】2月29日零时，广州约1500辆安装了华港牌计价器的出租车突然“打不了表”，原因是计价器被“闰年虫”咬了一口。众的哥因无法营运扎堆前往检测站维修，又因人手严重不足而大排长龙。受此影响，市民在早高峰出现“打车难”，相关部门称此次事故的士公司损失约为30万元，损失将由计价器厂负责赔偿。“闰年虫”系因一些电脑软件在设计时未考虑闰年因素，将所有年份的2月都默认为只有28天而出现的运算错误的一种叫法，英文“Bug”兼有臭虫、缺陷等含义，所以这一缺陷被称为“闰年虫”。

【皇帝位】皇帝位，指观看电影时能享受最佳视听效果的位置或区域。美国电影理论家大卫·波德维尔称头排才是“皇帝位”，而一位曾从事影厅装修和设计工作的影院技术工程师文卫则称“皇帝位”应是从银幕起到放映窗口止的2/3截点周围区域，这儿是整个影厅观影效果最好的区域，声场、视角俱佳。不过在观看3D电影时，因3D眼镜有偏增光，银幕会有一定程度的缩小，他建议坐银幕到放映口间的1/2截点的前后几排。也有业内人士称并不存在“皇帝位”，不同座位效果因人而异。

【中等收入群体焦虑】北京一高科技公司职员小姚，税前月薪7500元，扣除五险一金及个税，实发工资6500元，他感觉生活没有一点安全感。北京一商场财务中层毛女士，税前月薪1.5万元，但她自认未“小康”，身边朋友同事普遍“焦虑”，都在为“挣钱”而奋斗。西南财经大学教授易敏利认为，中等收入群体是成熟社会的中坚力量，现在却陷入了群体性焦虑，是高昂的生活成本扼杀了城市工薪阶层的财富积累能力，制约了中等收入群体的增长。中国（海南）改革发展研究院院长迟福林建议，解决之道关键是要在顶层设计上落实“两个提高”：

提高居民收入在国民收入分配中的比重，提高劳动报酬在初次分配中的比重。

【白素贞体】 2012年初，南方持续多日阴雨、大雾加回南天，许多网民直呼 hold 不住，有网友发一微博，配图是1992年赵雅芝版的白娘子剧照，“白素贞你住手吧！许仙他真的不在广州”。此后，“白素贞你住手吧！许仙真的不在××（地名）”句式广为流传，并衍生出“法海句式”：老衲真没见过许仙，白素贞你住手吧！！！以及“求雨句式”：白素贞你住手吧！许仙他在云南！你赶紧过去吧！！！“非主流句式”：白素贞你住手吧！许仙他爱的是小青！

【高晓松体】 甄子丹、赵文卓“辞演风波”，引发港台明星出来站队声援战，舒淇被揭陈年艳照愤而关博，高晓松写博吐露娱乐业背后的辛酸：“我们这个行业，卖身卖艺卖青春，用欢笑泪水，献爱与自由。从未巧取豪夺，鱼肉乡里，干过什么伤天害理之事。演好了，鞠躬拜票谢观众，演砸了，诚惶诚恐不成眠。顶三五载虚浮名，挣七八吊养老钱。终归零落成泥，随风散去。观众总会有新宠，不复念旧人。看在曾带给大家片刻欢娱，能否值回些人间温暖？谢谢！”这一文体后被网友纷纷临摹，倾吐本行辛酸。

【废话诗】 龙年春天，先锋诗人乌青写了几首诗《对白云的赞美》：“天上的白云真白啊／真的，很白很白／非常白／非常非常十分白／极其白／贼白／简直白死了／啊——”《假如你真的要给我钱》：“我的银行账号如下：招商银行/6225××××74/郑功宇／建设银行/4367××××13/郑功宇／工商银行/6222××××30/郑功宇/……”《我火了》：“我给我妈打电话告诉她／最近我在网上火了／是吗？我妈不会上网，真的吗？/真的，我亲爱的妈妈/这次我绝对没有骗你/我妈听了很高兴，然后呢？/然后我就不火了。我说。”网友惊呼“举世皆惊”、“重口味”、“太神了”、“暴强”……并戏仿写作玩乐之。

【iPad 眼】 有海外科学家发现，随着人们对 iPad 平板电脑、智能手机等电子设备的日益依赖，很多年轻人出现了以往年纪更大的人才会遇到的眼部问题。长期注视电脑屏幕或数字终端的电子显示屏会使人忘记眨眼，而忘记眨眼和高度集中会影响保护眼表的润滑物质——泪液膜的工作，损害人们眼部润滑系统，导致干眼症，也称角结膜干燥症。因此症多因使用有背光源的 iPad 引起，医学专家形象地将之命名为“iPad 眼”。医生建议不要让孩子沉迷 iPad 导致近视，如使用每天不要超过 1 小时，同时调弱背景光，保持 40-60 厘米阅读距离。

【妻妾协议】 广东兴宁有位富豪石某祥，早年与发妻阿英搭个茅棚做小生意，每日起早贪黑，磨豆腐、卖猪肉……有了第一桶金，他们开日用品批发店，因经营有方，年入百万元，夫妻俩迅速成为当地小有名气的千万富翁。后来，石某祥看上了店里的打工妹小美，老牛吃“嫩草”还偷偷生了娃，阿英发现后提出离婚，石某祥拟了一纸“妻妾协议”：“为了照顾好双方的生活，星期一、三、五在小美家过夜，星期二、四、六陪老婆，余下一天自由活动。”阿英怒而向法院提起离婚诉讼，索赔 70 万元。广东兴宁法院一审判决，解除双方婚姻关系，并支持妻子多分财产请求。

【暴打分手体】 4 月，网上流行一种吐槽他人对自己领域内的知识或常识缺乏了解的欢乐文体。例句：“北航男——事情是这样的：今天，她来我学校玩，我带她参观停在球场边上的客机。她问我：‘为什么那个机翼是斜的不是直的呢？'我……就算是白痴也该知道后掠翼能有效地提高临界马赫数，延缓激波的产生，避免过早出现波阻，尽管最大升力系数下降，但是能够降低波阻。"

【代课团】"你是否还会为早起上课而烦恼？你是否还在为辅导员不批假而忧郁？你是否还为找不到人代课而抓狂？有了无忧代课团，只需一个电话，您将一切无忧！"（一小节 10 元，一大节 20 元）福建高校出现了这样的"代课团"广告。近年来，一些高校学生逃课、旷课增多，从而催生出专业"代课团"，收人钱财，替人上课，并形成一定规模。有老师说，学校该反思自己的课程设置是否太过死板，无法激发学生学习兴趣；有老师则说，大学生雇人代课，是一种极端功利主义和实用主义的思想在作祟，败坏了学风，也是学生对自身极不负责的表现。

【甄嬛体】后宫戏《甄嬛传》大热，里面拿腔拿调的台词催生出"甄嬛体"："方才……想必是……若能……那必是极好的……倒也不负恩泽。"例句如："咦，你今儿买的蛋糕是极好的，厚重的芝士配上浓郁的慕斯，是最好不过的了。我愿多品几口，虽会体态渐腴，倒也不负恩泽。""甄嬛体"造句，多应用于学习、上班、考试、减肥等生活的诸多抱怨中。有好事者见招拆招，又创造出了一种"华妃体"以吐槽温柔但绕口的"甄缳体"："矫情！……就直说，本宫最见不得你这副狐媚样！"

【小娇羞】 小娇羞，多指柔弱、娇媚、能激起男性保护欲望的女孩。小娇羞遇到问题时，会求助，会撒娇，绝不会呈现出一副巾帼不让须眉的姿态。譬如 K 歌，小娇羞会说："我会唱《小酒窝》，学长和我一

理性爱国（详见 P192）

起唱好不好？”失恋后，小娇羞梨花带雨，楚楚可怜：“呜呜呜呜，人家心里好痛，不能呼吸了，你抱抱我好不好？”小娇羞喜欢逛街、化妆、看书，有调查称，43% 的男人抵挡不了外貌小清新小萝莉的小娇羞，25% 的男人遇到爱撒娇、爱脸红、爱说“讨厌啦”的女生连骨头都会酥掉，有传闻称，爱猫男通常最是爱慕小娇羞。

【魔鬼呼吸】 英国媒体报道称，毒枭横行的哥伦比亚最新惊现一种号称“世上最危险致幻药”的毒品，其学名为“东莨菪碱”，俗称“魔鬼呼吸”，白色粉末状，无味，极易被人体吸入，毒性比炭疽更强，稍一服用过量即可致命。人一旦在毫不知情的情况下误吸中招，顿时会变成行尸走肉般的“人偶”，任人摆布，仿佛被人“洗脑”，而事后醒来也全无记忆。“冷战”时期，美国中情局曾把这种药物用作审讯工具，它的用途类似于使人吐露实情的麻醉药。

【家斗剧】 继后宫剧、穿越剧、宅斗剧之后，家斗剧成为 2012 年中国荧屏的新热门。家斗剧是家庭婚恋剧的变种，以家庭成员矛盾和争斗为主要卖点，因较低的制作成本和较高的收益回报成为各影视公司热衷拍摄的剧型。剧情大多雷同：如夫妻不和、婆媳矛盾、保卫婚姻斗小三、争遗产、抢婚房，等等，轻则热吵冷战，重则大打出手；正房与小三之间更是你来我往、斗智斗勇。代表剧目：《媳妇的美好时代》《当婆婆遇上妈》《婚姻保卫战》《媳妇是怎样炼成的》《前妻车站》、《婆婆来了》《家有公婆》《婆媳拼图》等。

【托雷斯体】 第 14 届欧洲杯决赛，西班牙球员托雷斯攻入锁定胜局一球，成为本届欧洲杯最佳射手。网友杜撰出一段以托雷斯与他女儿的对话，进行恶搞，史称“托雷斯体”。例句：若干年后，托雷斯把女儿抱在怀里，对她说：曾经有一位西班牙球员，他在俱乐部的进球只有几个而已，在国家队都踢不上主力，决赛的最后时刻才上场，却打进一球。但是，他最终同时举起了大耳朵杯和劳德内杯！打了嘲笑他的人狠狠一记耳光！女儿说：谁有这么好的狗运啊？托雷斯回答：……是你马塔叔叔！

【7：59：60】 为消除“原子时”和“世界时”两个独立计时系统的偏差，使计时保持协调一致，7月1日，全球增加一秒，出现“7:59:60”的闰秒现象。到目前为止，世界时和原子时已经相差34秒，也就是世界时比原子时慢了34秒。闰秒具体在什么时间进行，要通过天文观测确定世界时与原子时的时差后才能确定。闰秒对普通人生活没多大影响，但对电力、网络、证券、航空、地震勘探、航空航天、军事等领域影响甚大。有接收国家标准时间信号装置的手机、股票、证券系统等均会自动调整，普通手表、大部分电脑则都需手动调时。

【禅师体】 在“一句话毁掉小清新”的风潮中，“理科男”盯上了热衷于讲佛理小故事的老禅师，大玩“一句话噎住老禅师”的游戏。例如：青年问禅师：“我的心被忧愁和烦恼塞满了怎么办？”禅师若有所思地说：“你随手画一条曲线。用放大镜放大了看。它的周围难道不是十分明朗开阔吗？”那个青年画了一条皮亚诺曲线。

【实名垃圾袋】 7月，担忧被“垃圾围城”的广州决定向台湾学习“垃圾不落地”，在部分小区试点“垃圾袋实名制、垃圾分类、按袋计量收费”模式。具体措施就是每户每月继续交纳15元垃圾处理费，城管委给每户每月配60个贴有防伪标志和居民编码的专用垃圾袋（30个厨余垃圾袋，30个其他垃圾袋）。袋子够用可少买，不够需掏钱再买，从而达到垃圾源头减量的目的，倒逼居民养成垃圾分类、减量的好习惯。有居民担忧暴露个人隐私，而且担心在民意基础、制度设计、配套服务等相关方面都未成熟的粗糙决策下，这一垃圾解决方案会无疾而终或遇上新的困境。

【网络碰瓷】 网络碰瓷，指网络中被恶意或怀有某种目的人敲诈索赔，淘宝等购物网站是网络碰瓷多发地。在淘宝，网店卖家多以“信誉度”来评价判断店家信誉。于是，一群职业差评师、职业退货师等专以“网络碰瓷”为业，攻击卖家“信誉度”，敲诈网店、骗取退货保险。职业差评师们每天出动猎手、拍手、谈判师“捕猎”“敲诈”目标，分食“肥肉”，据说能月入过万，他们多以无业者、学生、公务员和上班清闲的文员为主，不少是女性。网络碰瓷横生，一是网络诚信土壤不良，二是反映出了当下中国商业社会的一种恶生态。

【假想体】 假想体是“穿越体”与“如果体”的合体，其吐槽题材包括战争、世界末日、名著等等。例如：假如打仗时有微博，哪些微博最火？/假如离世界末日只剩一小时，微博上会是怎样光景？/假如三国时有微博，各路豪杰的微博会是什么样子？还有西游、水浒、金庸、还珠格格呢？……各种假想微博，机智逗趣。假想体的最新红人是“@琢磨先生”，他凭借着一组《三国微博》、《水浒微博》、《西游微博》等假想体长微博迅速闻达于微博、成名于网络，作品内容全由古代人物微博组成，但说的却是微博里的“现代语”，其中不但隐喻一些热门事件，还穿插着众多“微博小广告”。

【无性恋】 释义：对同性异性均无性趣的第四性。溯源：加拿大布鲁克大学副教授博盖特研究发现，全球约有 1% 的人亦即 7000 万人为

"无性恋"者，他们对异性和同性均无兴趣。一类仍有性冲动，但绝不表现出来，一类人群则是彻底感受不到性冲动。"无性恋"者常有与世隔离之感，他们会与人交朋友，但为避免发生性行为，多选择试管婴儿生育后代。例句：我常男女无感，难道是传说中的无性恋？求解救！

【加油吧，学弟！】释义：一种学习雷锋为人民服务的新时代精神。溯源：网友"陈博"在人人网上发了条帖。这位学长开车，在路上偶遇一对男女同学从车前穿过，男生递给女生一个雪糕，幸福地笑了。我想他不会跟我一样㞞吧，连手都不敢牵？然后就踩住刹车猛轰了一脚油门。男生果然叫了一声小心，一把搂住女生跑了过去。加油吧，学弟！学长只能帮你到这了。随后，网民纷纷效仿，创作各种可歌可泣的"学长帮忙体"。例句：（请自由发挥）。

【90岁体】释义：甲乙对话，假想90岁场景，三句问答，点出一方鲜活性格特征。溯源：句式：90岁的×××（@下你的好友）躺在床上，我说："想吃饭吗？"×××说："没胃口。"我说："要不——？"×××说："不了——"我说："听说——"×××说："是吗？那扶我起来，去——我试试！"例句：90岁的勒布朗－詹姆斯躺在病床上，韦德问："一起去外面兜兜风？"詹姆斯："天天在一起还不够么。"韦德："去中国足浴泡个脚？"詹姆斯："老了，禁不起折腾了。"韦德："唉，听现在联盟的后辈说当年你其实一直挂念着你的青梅竹马安东尼。"詹姆斯："快，扶我起来去看看阿瓜。"

【鬼脸妹】释义：以丑化自己搞怪为乐的"hold住姐"二世。溯源："@imurz"一个人在宿舍，头戴洗脸帕，给自己画上了浓胡子和浓眉毛，在微博上发出一组自拍的鬼脸照，并说"早就说过不能放我一个人在宿舍”。网民将其冠名为“鬼脸妹子犯二图”疯转，“靠，这货是个妹纸？我的三观幻灭了！”“我笑了很久！太爱这个妹纸啦。毫无抵抗！”“妹妹啊，能再搞笑点吗！我喜欢你的胡子！”例句：看到这些个鬼脸妹纸，不知不觉就想起了香肠嘴表情鼻祖——《东成西就》中梁朝伟扮演的欧阳锋。

【网购强迫症】释义：一种集选择综合征、比价综合征、御宅综合征于一体的网购强迫性心理上瘾症。溯源：今年光棍节天猫大促销，黑龙江的小刘从零时开始就抱住电脑“秒杀”抢购，18 个小时不喝水不吃饭，血糖急降，以致晕倒送医，当天，同一家医院，因同一原因送医的还有 4 人。如果你持续 3 个月一有时间就浏览购物网站，看到打折、包邮就兴奋，不管需不需要，非得买点东西；遇到促销、优惠更是无法自持，请赶紧关掉电脑，检查一下银行卡，算算账，走出门去，爬爬山，呼吸一下新鲜空气。例句：自从患上网购强迫症后，公司前台就成了我的杂物间。

【玛雅体】释义：一种借世界末日调侃余生的文体。溯源：离玛雅人预言的“世界末日”2012 年 12 月 21 日越来越近了，网民纷纷借机调侃余生：“想问一下玛雅人靠谱吗？要是靠谱我就不费劲找工作了”“要是靠谱这个月我就不还信用卡了”“12 月我不上班，去西藏，去流浪，去结婚，去裸泳，去跳海……”“赶紧回家帮妈妈洗一次碗吧”“找暗恋 N 年的女孩当面表白”“回家和爸爸妈妈扯家常”“不出差了赶紧坐飞机回去陪老婆。”例句：如果玛雅人靠谱，我先过完这 20 天；如果玛雅人不靠谱，我就过完这一辈子。

iknow!
知道分子图书工作室

《锐词2010-2012》

监　　制：孙　冕　刘胄人
主　　脑：封新城

主　　编：何雄飞　刘　瑛
封面设计：万得福
版式设计：刘志涛
图片处理：谭福健
插　　图：邝　飚